新・知らぬが半兵衛手控帖

守り神

藤井邦夫

双葉文庫

目次

守り神

新・知らぬが半兵衛手控帖

江戸町奉行所には、与力二十五騎、同心百二十人がおり、南北合わせて三百人ほどの人数がいた。その中で捕物、刑事事件を扱う同心は所謂〝三廻り同心〟と云い、各奉行所に定町廻り同心六名、臨時廻り同心六名、隠密廻り同心二名とされていた。

臨時廻り同心は、定町廻り同心の予備隊的存在だが職務は全く同じである。そして、定町廻り同心を長年勤めた者がなり、指導、相談に応じる先輩格でもあった。

第一話　美人局

一

寝間の障子には、雨戸の節穴や隙間から差し込む朝陽が映えた。
半兵衛は、低い寝息を立てて眠っていた。
雨戸が外から小さく打ち鳴らされた。
半兵衛は、眼を覚ました。
再び、雨戸が小さく叩かれた。
房吉だ……。
「猿は掛かっていないよ……」
半兵衛は、背伸びをしながら告げた。
廻り髪結の房吉は、慣れた手付きで外から雨戸を開け始めた。
半兵衛は、起き上がって蒲団を片付け、障子を開けた。

雨戸が開けられ、朝陽が一気に溢(あふ)れ込んだ。

「おはようございます」

庭先には、房吉が鬢盥(びんだらい)を提(さ)げていた。

「やあ。顔を洗って来るよ……」

「はい。仕度(したく)をしています」

房吉は縁側(えんがわ)に上がり、油紙を敷いて日髪日剃(ひがみひぞり)の仕度を始めた。

妙だ……。

房吉は、微(かす)かな戸惑いを覚えていた。

近頃は、俺が行く前に眼を覚ましていた旦那が今朝は眠っていた。

昔のようだ……。

何かあったのか……。

酷(ひど)く疲れているのか……。

それとも、身体の具合でも悪いのか……。

房吉は、日髪日剃の仕度をしながら半兵衛が来るのを待った。

「おう。待たせたね……」

顔を洗った半兵衛は、爽(さわ)やかな面持(おもも)ちで井戸端から戻って来た。

知らぬ顔の半兵衛の旦那も歳を取った……。

房吉は、目の前に座った半兵衛の髪に白いものが交じり、薄くなったのを感じた。

ぱちん……。

房吉は、半兵衛の元結を切って髪を解いた。

半兵衛は、心地好さそうに眼を瞑った。

いつもの半兵衛の旦那だ……。

房吉は、微かな安堵を覚えた。

「おはようございます」

岡っ引の本湊の半次と下っ引の音次郎がやって来た。

いつもの通りだ……。


朝、月番の北町奉行所は表門を八文字に開け、多くの者が出入りしていた。

半兵衛は、半次と音次郎を表門脇の腰掛に待たせ、同心詰所に顔を出して来ると告げた。

「大久保さまのお招きがなければ良いんですがね……」

半次は笑った。

吟味方与力の大久保忠左衛門は、面倒な事件や頼まれ事の始末を半兵衛に押し付けていた。それは、半兵衛を信頼している証なのだが、頼り過ぎる嫌いもあるのだ。

「うん。そう願っていてくれ」

半兵衛は苦笑し、同心詰所に向かった。

朝の同心詰所は、市中見廻りや事件の探索に出掛ける同心たちが仕度に忙しかった。

「やあ、おはよう……」

半兵衛は、同僚の同心たちと挨拶を交わして直ぐに出掛けようとした。

「あっ、半兵衛さん……」

当番同心が、半兵衛を呼び止めた。

しまった……。

半兵衛は、思わず首を竦めた。

「大久保さまが、急ぎ用部屋へ参れとの事にございます」

当番同心は、半兵衛の腹の内を知っており、申し訳なさそうに告げた。

「大久保さまが……」

半兵衛は、吐息混じりに訊き返した。

「はい、急ぎ用部屋に参れと。済みません」

当番同心は詫びた。

「いや、おぬしが詫びる事はない……」

半兵衛は苦笑し、忠左衛門の用部屋に向かった。

「おお、来たか半兵衛。まあ、座れ……」

北町奉行所吟味方与力の大久保忠左衛門は、読んでいた書類を文机に置いて振り返り、細い筋張った首を伸ばした。

「はい。して、御用とは……」

半兵衛は、忠左衛門を見詰めた。

「それなのだが、半兵衛。浅草寺界隈で此の年増に似た顔の女を見掛けた覚えはないか……」

忠左衛門は、年増の顔が描かれた似顔絵を見せた。

年増の似顔絵は、黄ばんで折皺の付いた古いものだった。

「此の年増……」

半兵衛は、年増の描かれた古い似顔絵を手に取った。

「浅草寺界隈で……」

「うむ。どうだ……」

忠左衛門は、筋張った細い首の喉仏を鳴らして半兵衛の反応を見守った。

「さあて、見覚えがありませんな」

半兵衛は、古い似顔絵を置いた。

「見覚えないか……」

忠左衛門は、白髪眉をひそめた。

「はい……」

半兵衛は頷いた。

「そうか……」

「それにしても大久保さま。似顔絵に描かれた年増は三十歳前後。して、此の似顔絵の古さはどのぐらい前ですか……」

「うむ。かれこれ二十年ぐらい前かな……」

忠左衛門は、筋張った細い首を捻った。

「だとすると、今は五十歳ぐらいの大年増なんてもんじゃありませんな」

半兵衛は苦笑した。

「うむ。そうなるな……」

「ならば、その似顔絵の年増に似た顔の女を捜すのは……」

半兵衛は首を捻った。

「半兵衛。だから、此の似顔絵の年増に似た顔の女だ」

忠左衛門は、筋張った細い首を伸ばした。

「えっ、どう云う事ですか……」

半兵衛は、戸惑いを浮かべた。

「うむ。実はな、半兵衛。此の似顔絵の年増、儂の古くからの友とちょいと拘わりがあってな」

「ちょいと拘わりが、ですか……」

「うむ。で、その友が五日程前、浅草寺に参拝に行き、境内で似顔絵の年増に良く似た女を見掛けてな。その女の素性を知りたくて慌てて追ったのだが、見失って……」

「それで、大久保さまに……」

「左様。捜してくれぬかと頼んで来た」

「して、五日前に浅草寺の境内で見掛けた年増、その時に何をしていたのですか……」

「さあて、何をしていたかは分からぬが、粋な形をしていたそうだ。うむ……」

忠左衛門は、己の言葉に頷いた。

「粋な形の女ですか……」

半兵衛は眉をひそめた。

「うむ、此の通りだ。頼む、捜してくれ……」

忠左衛門は、細い筋張った首を伸ばして頼んだ。

「分かりました。見付けられるかどうかは分かりませんが、捜してみましょう」

半兵衛は、溜息混じりに引き受けた。

古い似顔絵に描かれた三十歳前後の年増の顔……。

半次と音次郎は見詰めた。

「どうだ、見覚えあるかな」

半兵衛は尋ねた。

「さあて、ありませんねえ……」

半次は、首を捻った。

「あっしも見覚えありませんね」

音次郎は頷いた。

「そうか。よし、じゃあ、浅草寺に行ってみるか……」

半兵衛は、古い年増の似顔絵を懐に入れて浅草浅草寺に向かった。

半次と音次郎は続いた。


金龍山浅草寺は、多くの参拝客で賑わっていた。

半兵衛は、半次や音次郎と茶店の縁台に腰掛け、茶を啜りながら行き交う参拝客を眺めていた。

「粋な形、粋な形……」

音次郎は、呟きながら参拝客の中に粋な形の女を捜した。

「いませんねえ。粋な形をした似顔絵の年増に良く似た女……」

半次は、冷えた茶を啜った。

「うん。似た女が現れるのを待つだけと云うのも芸のない話だな」

半兵衛は苦笑した。

「ええ。まあ……」

半次は頷いた。

「亭主……」

半兵衛は、茶店の亭主を呼んだ。

「はい。何でございますか……」

茶店の亭主は、怪訝な面持ちでやって来た。

「此の年増に良く似た女、境内で見掛けた事はないかな……」

半兵衛は、亭主に年増の顔の描かれた古い似顔絵を見せた。

「此の年増ですか……」

亭主は、似顔絵を見詰めた。

「うん。どうかな……」

「さあて、手前は見掛けた覚えはありませんが……」

「そうか……」

「あの、宜しければ、店の他の者にも訊いてみましょうか……」

「そうしてくれるか。半次、音次郎……」

半兵衛は、半次と音次郎を促した。

半次と音次郎は、年増の古い似顔絵を手にして亭主と茶店の奥に行った。

半兵衛は、境内を行き交う参拝客を眺めた。

参拝客は行き交った。

「す、掏摸だ。掏摸だあ……」

男の怒声が響いた。

若い男が参拝客の中から現れ、半兵衛の前を東門に走った。

半兵衛は、咄嗟に縁台に置かれていた盆を取って投げた。

盆はくるくると廻りながら飛び、若い男の横顔に当たった。

若い男は、前のめりに倒れた。

半次と音次郎が茶店から現れ、倒れた若い男に飛び掛かって捕まえた。

「神妙にしろ……」

半次と音次郎は、捕まえた若い男を引き据えた。

「此奴が掏摸か……」

半兵衛は、追って来た者たちに尋ねた。

「はい、ありがとうございました。お役人さま……」

お店の旦那らしき初老の男が、半兵衛に礼を述べた。

「いや。礼には及ばぬ……」

半兵衛は、半次と音次郎に引き据えられている掏摸の懐を広げて検めた。

懐から小判の入った財布が出て来た。

「あっ、私の財布です」

初老の旦那は叫んだ。

「間違いないかな……」

「はい。財布には元鳥越町の家主の幸兵衛と書いた手札が入っている筈です」

初老の旦那は告げた。

「うむ……」

半兵衛は、財布を検めて手札を見付けて一読した。

「元鳥越町の家主の幸兵衛……」

「はい。左様にございます」

「うむ。どうやら間違いないな……」

半兵衛は、財布を初老の旦那、家主の幸兵衛に返した。

幸兵衛は、半兵衛に深々と頭を下げて礼を述べ、立ち去って行った。そして、見ていた参拝客も散った。

半兵衛は、半次と音次郎に命じて掏摸を茶店の裏手に引き立てた。


「さあて、名前を教えて貰おうか……」

半兵衛は、掏摸に笑い掛けた。

「猪吉です……」

掏摸は、嗄れ声を震わせた。

「猪吉か、どじな真似をしたね」

半兵衛は笑い掛けた。

「近くに旦那がいるとは思いませんでした……」

猪吉は、腹立たし気に眼を逸らした。

「そうか……」

「旦那、大番屋に引き立てますか……」

半次は、厳しく見据えた。

「そうだな。で、茶店に年増に似た粋な形の女を知っている者はいたのかな」

「いいえ。そいつが誰も……」

半次は、古い似顔絵を半兵衛に返した。

「あっ……」

猪吉は、目の前を過ぎった古い似顔絵を見て微かな声を上げた。

「うん。どうした……」

半次は、猪吉の微かな声を聞いた。

「いえ。別に……」

猪吉は、言葉を濁した。

「猪吉、此奴を見てみな……」

半兵衛は、猪吉に古い似顔絵を見せた。

猪吉は、古い似顔絵に描かれた年増の顔を見て僅かに眉をひそめた。

「知っているな……」

半兵衛は苦笑した。

「えっ……」

猪吉は戸惑った。

「此の年増に似た女が此の界隈にいる筈なのだが、知らないかな……」

半兵衛は、古い似顔絵を突き付けた。

猪吉は、思わず古い似顔絵に描かれた年増の顔を見た。

「名は……」

半兵衛は訊いた。

「確か、お、おりん……」

猪吉は、反射的に答えた。

「おりんか……」

半兵衛は念を押した。

「ああ。だったと思うぜ……」

猪吉は、腹立たし気に頷いた。

「じゃあ、家は何処だ……」

半兵衛は、質問を続けた。

「知らねえよ……」

猪吉は、煩さそうに吐き棄てた。

「知らねえだと……」

半次は、猪吉の膝に十手を突き立てた。

「本当だ。本当に知らねえ……」

猪吉は、突き立てられた十手の激痛に顔を歪めた。

「おりん、生業は何だ」

半兵衛は、猪吉を厳しく見据えた。

「そいつも知らねえ。知らねえが、堅気じゃあねえのは確かです」

猪吉は、膝に突き立てられた十手の激痛に身を捩って告げた。

「堅気じゃあないだと……」

「はい。きっと、掏摸か盗人です」

半兵衛は、戸惑いを浮かべた。

猪吉は、嗄れ声で告げた。

「掏摸か盗人……」

半兵衛は眉をひそめた。

「旦那……」

半次は、猪吉の膝に突き立てた十手に込めていた力を抜いた。

「うむ……」

古い似顔絵に描かれた年増と良く似た顔のおりんは、猪吉の睨みでは掏摸か盗人なのだ。

半兵衛は知った。

浅草寺境内の賑わいは続いた。

半兵衛は、半次を浅草寺境内に残して音次郎と掏摸の猪吉を大番屋に引き立てた。そして、猪吉を牢に入れ、音次郎を半次の許に戻し、北町奉行所に急いだ。

「此の似顔絵の詳しい事……」

大久保忠左衛門は、古い似顔絵を見ながら細い首の筋を引き攣らせた。

「ええ。此の似顔絵は所謂人相書。此の年増、二十年ぐらい前のどのような事件に拘わっていたのですか……」

半兵衛は、忠左衛門を見据えた。

「半兵衛。ひょっとしたら此の年増に似ている女、もう見付けたのか……」

忠左衛門は驚き、筋張った細い首の喉仏を上下させた。

「はい。らしい女を……」

「らしい女……」

「名はおりん……」

「おりん……」

忠左衛門は、白髪眉をひそめた。

「で、生業は掏摸か盗人……」

半兵衛は、忠左衛門を見据えて告げた。

「掏摸か盗人……」

忠左衛門は、嗄れ声を引き攣らせた。

「はい……」

半兵衛は頷いた。

「半兵衛……」

忠左衛門は、吐息を洩らした。

「はい……」

「何れは話すつもりだったのだが、二十年前、狐火の吉五郎と申す盗賊一味がいたのを覚えているか……」

「狐火の吉五郎……」

「うむ……」

「確か室町の老舗呉服屋に押し込んだ処を一網打尽にされた盗賊ですね」

「左様。で、その捕物には、儂の古くからの友が隠密廻り同心として拘わっていた」

「隠密廻り同心……」

　半兵衛は眉をひそめた。

「うむ。儂の友は狐火の吉五郎一味の女盗賊を割り出して近付き、隠密廻り同心として探索を続けた。そして、室町の老舗呉服屋押し込みの企てを突き止めた。おるいと云う女盗賊を利用してな……」

　忠左衛門は、苦し気に顔を歪めた。

「利用した女盗賊のおるいが此の古い似顔絵の年増ですか……」

　半兵衛は読んだ。

「うむ。そして、盗賊狐火の吉五郎一味は叩き潰されたのだが、我が友は女盗賊のおるいを秘かに匿い、逃がそうとしてな……」

　忠左衛門は、老顔を歪めた。

「女盗賊おるい、どうかしましたか……」

「いつの間にか姿を消してしまった……」

「姿を消した……」

　半兵衛は眉ひそめた。

「うむ。隠密廻り同心が捕縛後の始末に忙しくしている内にな……」

「して……」

「捜した。秘かに捜しまわった。しかし、女盗賊のおるいは見付からず、歳月は過ぎ……」

「二十年が過ぎた今、浅草寺境内でおるいに良く似た女を見掛けましたか……」

　半兵衛は読んだ。

「如何にも。既に隠居していた元隠密廻りは、良く似た粋な形の女が姿を消した女盗賊おるいと拘わりがあると睨み、捜し始めたのだが、胃の腑の病が酷くなって、儂にな……」

「そうでしたか。良く分かりました。似顔絵に描かれた年増おるいに良く似たおりん、必ず捜し出しましょう」

　半兵衛は微笑んだ。

二

囲炉裏に掛けられた鳥鍋は、音を鳴らして湯気を立ち昇らせた。

「よし、出来た。じゃあ、鳥鍋を食いながら聞いてくれ……」

半兵衛は、酒を飲みながら半次と音次郎に告げた。

「はい……」

半次と音次郎は頷いた。

半兵衛は、古い似顔絵に描かれた年増が二十年前に仕置された盗賊狐火の吉五郎一味の女盗賊おるいであり、室町の老舗呉服屋押し込みの一件と忠左衛門の友である元隠密廻り同心の潜入探索の顚末を教えた。

「で、女盗賊のおるいは姿を消しましたか……」

半次は、鳥鍋を食べ、酒を飲んだ。

「うむ。で、二十年後、浅草寺の境内に女盗賊のおるいに良く似たおりんが現れた。大久保さまの友の元隠密廻りは、おりんが姿を消した女盗賊のおるいと何らかの拘わりがあると睨み、捜していたが胃の腑の病が酷くなり、大久保さまに頼んだ……」

半兵衛は、手酌で猪口に酒を満たして飲んだ。

「女盗賊のおるい、生きていれば五十歳ぐらいですかね……」

半次は読んだ。

「おそらくな……」

半兵衛は頷いた。

「でも、女盗賊のおるいは、自分を騙して盗賊の狐火一味をお縄にした隠密廻りの旦那を恨んでいるじゃありませんかね」

音次郎は、鳥鍋を食べながら読んだ。

「下手に捜し出して逢うと、自分の命が危ないか……」

半次は、音次郎の読みを続けた。

「はい。違いますかね」

音次郎は頷いた。

「さあて、その辺りはどうなんだろうね……」

半兵衛は、笑みを浮かべた。

「旦那……」

音次郎は、戸惑いを浮かべた。

「狐火の吉五郎一味の女盗賊のおるい、見逃して貰って喜んで姿を消したのか、それとも騙された恨みを抱えて姿を消したのか。そいつはおるいに訊いてみなきゃあ分からない」

半兵衛は苦笑した。

「じゃあ先ずは、おるいに良く似たおりんって女を捜すしかありませんか……」

「ああ。捜す手掛かりは、顔が似ているって事と掏摸か盗人って事だけだ。良いな……」

半兵衛は命じた。

「承知……」

半次と音次郎は頷いた。

囲炉裏の火は鍋の尻を炙り、壁に映る半兵衛たちの影を揺らした。

金龍山浅草寺の境内は、参拝客と遊びに来た客で賑わっていた。

半兵衛は、半次や音次郎と賑わいの中におりんを捜した。

粋な形……。

掏摸か盗人……。

そして、女盗賊のおるいに良く似た顔……。
半兵衛、半次、音次郎は、手分けをしておりんを捜し続けた。
おりんは、容易に見付からなかった。
半兵衛は、巻羽織を脱いで浪人を装い、行き交う参拝客を眺めていた。
行き交う参拝客の向こうには、鮮やかな橙色の江戸小紋の着物を着た女が佇んでいた。
粋な形の女……。
顔は良く分からない……。
半兵衛は、行き交う参拝客の向こうに佇んでいる粋な形の女の許に行こうとした。
次の瞬間、羽織を着た商家の旦那風の男が現れ、粋な形の女に声を掛けた。
二人は、親し気に言葉を交わした。
半兵衛は見守った。
粋な形の女は若く、その顔は古い似顔絵に描かれていた年増のおるいに似ていた。

おりんか……。

半兵衛は読んだ。

二人は、話をしながら傳法院(でんぽういん)の方に向かった。

傳法院の近くには裏門がある……。

半兵衛は追った。

商家の旦那風の男は、粋な形の若い女の腰を抱くようにして傳法院傍(そば)の裏門に進んだ。

裏門を出ると田原町(たわらまち)三丁目であり、料理屋や曖昧宿(あいまいやど)などがある。

そこに行くのか……。

半兵衛は読み、商家の旦那風の男と粋な形の若い女を尾行(つけ)た。

裏門を出た商家の旦那風の男は、粋な形の若い女の腰を押すように、田原町三丁目の裏通りにある曖昧宿に進んだ。

粋な形の若い女を曖昧宿に連れ込もうとしている……。

半兵衛は読んだ。

粋な形の若い女は、腰を押す旦那風の男の手を笑いながら躱そうとしていた。

まさか……。

半兵衛は、不意にある事に気が付いた。

縞の半纏を着た背の高い若い男が、薄笑いを浮かべて旦那風の男と粋な形の若い女の前に現れた。

旦那風の男は怯み、後退りをした。

痩せた若い男が背後に現れた。

旦那風の男は、恐怖に衝き上げられた。

粋な形の若い女は、笑みを浮かべて縞の半纏の背の高い若い男の背後に動いた。

「お、おくみ……」

旦那風の男は困惑した。

「旦那、あっしの女房に何しようってんですかい……」

縞の半纏の若い男は、旦那風の男に凄んでみせた。

「い、いや。別に、そんな……」

旦那風の男は、恐怖に震えて言葉を縺れさせた。

「お前さん、私は嫌だと云ったんですよ。でも、旦那さまが無理矢理、此処に……」

粋な形の若い女は、縞の半纏を着た若い男に甘えた声で告げた。

「旦那、どうしてくれるんです。此の落とし前……」

縞の半纏を着た若い男は、旦那風の男の肩に腕を廻して笑顔で脅した。

「そりゃあ、もう……」

旦那風の男は震えた。

「そうですか。じゃあ、じっくりと相談しますか。おくみ、さっさと家に帰って大人しくしていな……」

縞の半纏を着た若い男は、粋な形の若い女に声を掛けて瘦せた男と旦那風の男を連れて行った。

粋な形の若い女は、嘲笑を浮かべて見送った。

美人局とは……。

半兵衛は、物陰で苦笑した。

粋な形の若い女は、踵を返して浅草広小路に向かった。

半兵衛は追った。

浅草広小路は賑わっていた。

粋な形の若い女は、浅草広小路の賑わいを抜けて蔵前(くらまえ)の通りに進んだ。

何処に行くのだ……。

半兵衛は尾行た。

粋な形の若い女は、蔵前の通りを浅草御門に向かった。そして、駒形町(こまがたちょう)で左に曲がった。

曲がった処に浅草駒形堂があり、奥に様々な船が行き交う大川(おおかわ)が見えた。

粋な形の若い女は、駒形堂に短く手を合わせて大川沿いの横手に廻った。

半兵衛は続いた。

駒形堂の横手には古い茶店があり、老亭主が店先の掃除をしていた。

「利平(りへい)のおじさん、只今(ただいま)……」

粋な形の若い女は、老亭主に声を掛けて古い茶店に入った。

「おう。お帰り」

利平と呼ばれた老亭主は迎えた。

半兵衛は、物陰から見届けた。

粋な形の若い女は、茶店の茶汲場に入って茶を淹れ、店先の縁台に腰掛けた。

「どうだ、おりん。上手くいったかい」

老亭主の利平は、茶を飲む粋な形の若い女に笑い掛けた。

おりん……。

やはり、粋な形の若い女はおりんだった。

半兵衛は見定めた。

「相手は若い女に眼のない助兵衛親父。造作はありませんよ。政吉と清助がどう落とし前を付けて来るか……」

おりんは笑った。

政吉と清助……。

半纏を着た背の高い若い男と痩せた若い男の事だ。

半兵衛は知った。

「そいつは楽しみだ」

利平は頷いた。

只の茶店の老亭主じゃあない……。

半兵衛は睨んだ。

おりんは、女盗賊のおるいと拘わりがあるのか……。

利平の素性は……。

二人の拘わりは……。

半兵衛は、疑念を募らせた。

浅草寺境内の賑わいは続いていた。

半次と音次郎は、参拝客の中に粋な形の女を捜し続けていた。

「粋な形の女、いませんねえ」

音次郎は、行き交う参拝客を眺めて溜息を吐いた。

「ああ……」

「半兵衛の旦那の方はどうなんですかねえ」

「うん……」

半次は、一方を見詰めながら生返事をした。

「親分……」

音次郎は、怪訝な面持ちになった。

「音次郎、今、お店の旦那が二人の遊び人に連れて行かれた……」

半次は、見詰めていた方に走った。

音次郎は、慌てて続いた。


半次は、浅草寺境内の奥にある三社権現に向かった。

音次郎は続いた。

男の苦し気な呻き声が、三社権現の裏から聞こえた。

半次と音次郎は、三社権現の裏手に廻った。


三社権現の裏には、お店の旦那が倒れ、苦し気に呻いていた。

「おい。大丈夫か……」

半次と音次郎は、倒れ呻いている旦那に駆け寄った。

「は、はい……」

旦那は、殴られた傷のある顔で頷いた。

「二人の遊び人にやられたのか……」

半次は読んだ。

「違う、違います。転んだだけです。それだけです、なんでもありません」

旦那は懸命に否定し、よろめきながら立ち去ろうとした。

「旦那、金を脅し取られたんじゃあ……」

音次郎は止めようとした。

「離せ。離してくれ……」

旦那は嗄れ声を震わせ、音次郎を必死に振り払った。

「音次郎……」

半次は、音次郎を制した。

旦那は、俯（うつむ）きながら立ち去った。

「親分……」

音次郎は戸惑った。

「何があったか知らないが、遊び人にやられて金を取られた理由、知られたくないんだろうな……」

半次は苦笑した。

駒形堂横の茶店の暖簾（のれん）は、大川から吹き抜ける風に揺れていた。

半兵衛は、物陰から茶店を見張った。
「ありがとうございました……」
茶店では、前掛をしたおりんが客を見送っていた。
美人局に茶店の女……。
おりんは、茶店で働きながら美人局の獲物を物色しているのか……。
半兵衛は読んだ。
忙しい奴だ。
半兵衛は苦笑した。
半纏を着た二人の若い男が、大川沿いの道をやって来た。
縞の半纏を着た背の高い若い男と痩せた若い男だった。
おりんと利平が話していた政吉と清助……。
半兵衛は見定めた。
政吉と清助は、茶店に入って縁台に腰掛けた。
「政吉、首尾はどうだった……」
おりんが笑い掛けた。
「取り敢えず鴨が持っていた三両……」

政吉は、三枚の小判を見せた。

「そして、此奴が残りの七両を払うって証文だぜ……」

政吉は、一枚の証文を差し出した。

「〆て十両の美人局か……」

おりんは頷いた。

「ああ。ま、取り敢えずの分け前だ……」

政吉は、おりんと清助に小判を一枚ずつ渡した。

「上首尾じゃあないか……」

おりんは笑った。

「ああ。じゃあ、七両が手に入ったら又来るぜ。おりんは次の鴨を捜しておくんだな。行くぜ、清助……」

政吉は、清助を促して浅草広小路に立ち去った。

おりん、政吉、清助の三人は、お店の旦那に美人局を仕掛け、手持ちの三両と残り七両を払うと云う証文を脅し取ったのだ。

半兵衛は知った。

夕暮れ時。

半兵衛は、金龍山浅草寺の境内に戻った。

「半兵衛の旦那……」

半次と音次郎が駆け寄って来た。

「おりん、いたよ」

半兵衛は告げた。

「えっ、何処ですか……」

半次は、身を乗り出した。

「駒形堂の横の茶店だ……」

「音次郎、見張りに付け……」

半次は命じた。

「承知……」

音次郎は駆け去った。

「で、そっちは何かあったかい……」

「いえ。お店の旦那が半纏を着た若い遊び人たちに金を脅し取られたぐらいですよ」

「お店の旦那が若い遊び人に……」

半兵衛は眉をひそめた。

「ええ。尤も、本人は金を脅し取られたとは云っていませんがね……」

「云っていない……」

「はい。他人には云えないような事して、脅されのか、何があったのか……」

「半次。おりんは政吉と清助って若い男二人と美人局を働いてね……」

「美人局……」

半次は眉をひそめた。

「で、今日も商家の旦那風の男を鴨にしていた」

「商家の旦那風の男ですか……」

「うん。鴨は半次たちが出逢った若い遊び人に金を脅し取られた商家の旦那風の男かもしれぬ」

半兵衛は読んだ。

「でしたら、おりんと政吉、清助、お縄にしなきゃあなりませんね」

「うむ。だが、脅されたお店の旦那がお上に訴え出て、美人局で金を脅し取られたと証言しない限り、今の処、お縄には出来ないがね」

半兵衛は苦笑した。

浅草寺は夕闇に覆われ始め、境内にいた参拝客は帰り始めていた。

山谷堀には新吉原に行く客の乗る舟が櫓の軋みを響かせ、今戸橋の袂にある飲み屋は火の灯された提灯を揺らしていた。

飲み屋は、安酒を楽しむ雑多な客たちで賑わっていた。

酔客の中には清助もいた。

腰高障子を開け、地廻りが入って来た。

「あら、いらっしゃい……」

厚化粧の大年増の女将は、迷惑そうに眉を寄せながら迎えた。

「女将さん、遊び人の政吉と清助、来ているかな」

地廻りは尋ねた。

「政吉はいないけど、清助なら今夜は何だか羽振りが良いよ」

女将は、苦笑しながら店の隅で人足たちと賑やかに酒を飲んでいる清助を示した。

「うん……」

地廻りは、清助を見定めた。

「清助、呼ぶかい……」

女将は告げた。

「それには及ばねえ。邪魔したな。此の事は内緒だぜ……」

地廻りは、女将に口止めをして飲み屋から出て行った。

女将は見送った。

清助は、楽し気に酒を飲み続けた。

寺の鐘が亥の刻四つ（午後十時）を報せた。

山谷堀を行き交う舟も途絶え、今戸橋の袂の飲み屋も暖簾を仕舞った。

大年増の女将は、帰る客たちを厚化粧を崩して見送った。

清助が飲み屋から現れ、女将に声を掛けて山谷堀沿いの道を山谷橋に向かった。

清助は、酔った足取りで山谷堀沿いの道を進んだ。

やがて、行く手に山谷橋が見えて来た。

清助は、鼻歌交じりに進んだ。

山谷橋が近付いた。

清助は、山谷橋の向こうの町の裏長屋に住んでいた。

「清助……」

男の呼ぶ声がした。

清助は、山谷橋の近くで立ち止まり、怪訝に辺りを見廻した。

背の高い浪人が、山谷橋の袂から現れた。

清助は、思わず背後を振り返った。

背後には、地廻りと若い浪人が現れた。

「あっ、寅八の兄い……」

清助は、地廻りに笑い掛けた。

「清助。お前、昼間、政吉と浅草寺の境内で美人局を働いたな」

寅八と呼ばれた地廻りは、清助を見据えた。

「えっ……」

清助は狼狽えた。

「馬鹿な真似をしたな……」

寅八は嘲笑した。
次の瞬間、二人の浪人が前後から清助に迫り、抜き打ちの一刀を放った。
清助は、背中と腹を斬られ、血を振り撒いて山谷堀に落ちた。
水飛沫が月明かりに煌めいた。

三

山谷堀に架かっている今戸橋は、夜が明けて大騒ぎになった。
今戸橋の橋脚に引っ掛かっている清助の死体が発見されたのだ。
報せを受けた半兵衛は、半次と音次郎を先行させて浅草今戸町の自身番に向かった。
清助の死体は、浅草今戸町の自身番の裏の戸板の上に寝かせられていた。
半次は、死体に被せられていた筵を捲った。
清助の歪んだ死に顔が現れた。
「清助……」
半兵衛は見定めた。

「ええ。遊び人を気取っていた半端な餓鬼だそうですぜ」

半次は告げた。

「うむ。音次郎、仏さんを検めるよ」

「はい……」

半兵衛は、音次郎に手伝わせて清助の死体を検めた。

「背中と腹、二カ所を斬られているか……」

「はい……」

音次郎は頷いた。

「前と後ろ、同時のようだな」

半兵衛は眉をひそめた。

「って事は、殺ったのは二人ですか……」

音次郎は読んだ。

「そんな処だね」

半兵衛は頷いた。

「で、清助の昨夜の足取り、ちょいと追ってみたのですがね。昨夜、今戸橋の袂の飲み屋で看板迄酒を飲んでいたそうですぜ」

半次は告げた。

「一人でか……」

「ええ。強(し)いて云えば店の馴染客(なじみきゃく)と。で、飲み屋を出て住んでいる山谷橋の向こうの山川町(やまかわちょう)の甚六(じんろく)長屋に帰ったようです」

「じゃあ、その途中で斬られたか……」

半兵衛は読んだ。

「ええ。きっと……」

半次は頷いた。

「政吉は一緒じゃあなかったんだな」

「はい……」

「そうか。おそらく斬った二人は侍、浪人だ。となると、清助に恨みを抱く者に頼まれての所業(しょぎょう)かもしれないな……」

半兵衛は睨んだ。

大川には様々な船が行き交っていた。

駒形堂の横の茶店に客はいなく、大川から吹く風に暖簾を揺らしていた。

半纏を着た政吉が現れ、緊張した面持ちで辺りを窺い、茶店に駆け込んだ。

「逃げる……」

おりんは、戸惑いを浮かべた。

「ああ、清助が殺された。次は俺かおりんだ」

政吉は、声を引き攣らせた。

「でも、どうして……」

「昨日、美人局で金を脅し取った瀬戸物屋の旦那が残りの七両を惜しみ、誰かに俺たちを殺すように頼んだ。で、清助が殺された。だから、逃げるんだ。姿を隠すんだ……」

政吉は、必死の面持ちで告げた。

「でも……」

おりんは躊躇った。

「おりん……」

利平が奥から出て来た。

「利平のおじさん……」

「政吉の云う通り、姿を隠した方が良いようだな」

「えっ……」

おりんは眉をひそめた。

「利平の父っつあん……」

政吉は緊張した。

「だがな、政吉。おりんはお前と一緒じゃあねえ……」

「えっ……」

「おりんは、俺の知り合いの処に匿って貰う」

利平は、顔の皺を深くして不敵な笑みを浮かべた。

恨みを買っているのは清助だけか……。

半兵衛は、想いを巡らせた。

美人局絡みであれば、清助だけではなく政吉やおりんも恨みを買っている筈だ。

「音次郎、おりんは駒形堂の横の茶店にいるんだな」

半兵衛は尋ねた。

「はい。利平って亭主をおじさんと呼んでいましたから、親類なのかもしれません」

音次郎は告げた。

「そうか。よし、これから茶店に行って、おりんの様子を見て来い」

半兵衛は命じた。

浅草今戸町と駒形堂のある駒形町は、浅草広小路を挟んで遠くはない。

「はい。じゃあ一っ走り……」

音次郎は駆け去った。

「旦那。まさか清助殺し、美人局絡みと……」

半次は眉をひそめた。

「かもしれないって事だ。よし、半次。清助が殺される前に酒を飲んでいた飲み屋に行ってみよう」

半兵衛は苦笑した。

山谷堀に架かっている今戸橋の袂の飲み屋は、大年増の女将が掃除を終えて若い板前と仕込みをしていた。

半次は、大年増の女将を呼び出した。

「親分さん、昨夜の事は、もう何もかも話しましたよ……」

大年増の女将は、迷惑そうに告げた。

「造作を掛けるね。女将さん、此方は北町奉行所の白縫半兵衛さまだ……」

半次は、半兵衛を引き合わせた。

「やあ。忙しい処、済まないね。その後、何か思い出したかなと思ってね」

半兵衛は笑い掛けた。

「何かって、別に何も思い出しませんよ」

女将は、半兵衛から視線を逸らした。

「そうか。それなら良いが、万が一の事はないかと思ってね……」

半兵衛は、女将を見据えて苦笑した。

「旦那……」

女将は、微かに怯んだ。

何か隠している……。

半兵衛の勘が囁いた。

「女将、昨夜の客で清助を気にしている者はいなかったかな」

「清助を気にしている客……」

「ああ……」

半兵衛は、女将を見据えたまま頷いた。

「い、いませんよ」

女将は、微かに声を引き攣らせた。

「本当だな……」

半兵衛は念を押した。

「旦那……」

女将は、不安を過ぎらせた。

「女将、次に思い出した時は、大番屋に来て貰う事になるよ」

半兵衛は、気の毒そうに告げた。

「大番屋……」

「ああ……」

「そんな……」

「どうだ。女将、思い出すなら今だぞ……」

半兵衛は、冷ややかに笑った。

「旦那、地廻りの寅八が……」

女将は、怯えるように声を潜めた。

「地廻りの寅八……」

半兵衛は眉をひそめた。

「はい。地廻りの聖天一家の寅八が清助を捜しに来ました」

女将は、吐息混じりに告げた。

「寅八が清助をね……」

「はい。で、うちでお酒を飲んでいるのを見定めて出て行きました」

女将は告げた。

「女将さん……」

半次は、黙っていた女将を咎めるように見た。

「く、口止めされたんです。此の事は内緒だって、寅八に口止めされたんです。本当です。ですから……」

女将は、恐怖に声を震わせた。

「良く分かった。半次、勘弁してやるんだね」

「そりゃあ、まあ……」

半次は、不服気に頷いた。

「申し訳ありませんでした、親分さん。旦那、私が云ったたって事は……」

女将は半次に詫び、縋るように半兵衛を見詰めた。

「ああ。心配はいらないよ……」

半兵衛は微笑んだ。


音次郎は、駒形堂の前を横に曲がった。

茶店は雨戸を閉めていた。

休みか……。

音次郎は、戸惑いを浮かべて茶店を眺めた。

主の利平とおりんは留守なのか……。

茶店は静まり、人がいるような気配は窺えなかった。

若い浪人がやって来た。

音次郎は、何気ない風情でその場を離れて物陰に入った。

若い浪人は、雨戸の閉められた茶店を怪訝な面持ちで眺めた。そして、茶店の雨戸を叩いた。

音次郎は見守った。

若い浪人は、茶店の雨戸を叩き続けた。だが、茶店から返事はなく、雨戸が開けられる事もなかった。

やはり、主の利平とおりんはいない……。

音次郎は見定めた。

若い浪人は、利平とおりんがいないと見定め、来た道を戻り始めた。

音次郎は、物陰を出て若い浪人を尾行た。

地廻りの聖天一家は、浅草聖天町にあった。

半兵衛と半次は、三下が店先の掃除をしている聖天一家を眺めた。

「いますかね、寅八……」

「さあて、どうかな……」

半兵衛は、聖天一家に進んだ。

半次は続いた。

「やあ……」

半兵衛は、店先の掃除をしている三下に声を掛けた。

　三下は、半兵衛に気が付き、緊張した面持ちで掃除の手を止めた。

「何か……」

「地廻りの寅八、いるかな……」

　半兵衛は笑い掛けた。

「寅八の兄貴ですか……」

「うん……」

「確か、今日は未だ来ちゃあいないと思いますが……」

　三下は、聖天一家を振り返って首を捻った。

「好い加減な事を云うんじゃあないぞ」

　半次は、釘を刺した。

「へ、へい。そりゃあもう……」

　三下は、首を竦めた。

「じゃあ寅八、店には来ちゃあいないか……」

「はい……」

「寅八、家は何処かな」

「さあ、聞いちゃあいませんが……」

「聞いちゃあいないだと……」

「は、はい。情婦の処に転がり込んでいるって話です」

「情婦……」

半次は眉をひそめた。

「はい……」

「情婦、何処の誰だ……」

「さあ、あっしは知りません」

三下は、申し訳なさそうに告げた。

「そうか。して、お前の名前は……」

半兵衛は尋ねた。

「酉造です」

「よし。酉造、後で又来る。それ迄に寅八の家と情婦が何処の誰か調べておくんだね」

「だ、旦那……」

半兵衛は命じた。

「じゃあないと、酉造、お前が只じゃあ済まなくなるよ」

半兵衛は、三下の酉造に笑い掛けた。

酉造は、怯えを滲(にじ)ませた。

「じゃあ、又後でな……」

半兵衛は、踵を返した。

半次は続いた。

三下の酉造は見送り、聖天一家の店の中に入って行った。


半兵衛と半次は、聖天一家の見える物陰に入った。

「さあて、潜んでいる寅八が出て来るか、三下の酉造が動くか……」

半兵衛は苦笑した。

「はい……」

半次は頷き、聖天一家を見張った。

僅かな刻が過ぎた。

「旦那、酉造です……」

半次は告げた。

聖天一家から三下の酉造が現れて辺りを警戒し、浅草広小路に向かった。

「うん。おそらく寅八の処に行くのだろう」

半兵衛は睨んだ。

「追います……」

半次は、酉造を見詰めて告げた。

「うん。私は後から行くよ」

半兵衛は頷いた。

「じゃあ……」

半次は、酉造を追った。

半兵衛は続いた。


浅草広小路は賑わっていた。

酉造は、雑踏を抜けて東本願寺前から新寺町に向かった。

半次は尾行た。

半兵衛は続いた。

若い浪人は、東本願寺前、新寺町を抜けて下谷広小路に出た。

音次郎は追った。
若い浪人は、下谷広小路から湯島天神裏門坂道に進み、男坂を上がった。
音次郎は追って、男坂を上がろうとした。
若い浪人は、男坂の上で振り返った。
音次郎は、男坂を上がり掛けて凍て付いた。
「手前、尾行てるのか……」
若い浪人は、刀の柄を握った。
音次郎は、身を翻して跳び降りた。そして、男坂を振り返った。
若い浪人は、男坂の上から消えていた。
「くそっ……」
音次郎は、慌てて男坂を駆け上がった。
男坂の上には湯島天神の東の鳥居があり、境内に続いている。
音次郎は、東の鳥居を潜って湯島天神の境内に入った。
境内には参拝客が行き交い、若い浪人の姿は何処にも見えなかった。
逃げられた……。

音次郎は、肩を落とした。

湯島天神門前町の片隅にある黒板塀に囲まれた仕舞屋からは、三味線の爪弾きが洩れて来ていた。

「そうですかい、駒形堂横の茶店は閉まっていましたか……」

寅八は、若い浪人に念を押した。

「ああ。亭主もおりんもいないようだった」

若い浪人は苦笑した。

「清助が殺されたのを知り、自分たちも狙われていると気が付き、逸早く姿を消したか……」

背の高い浪人は読んだ。

「きっと。で、帰りに妙な野郎に尾行られた」

若い浪人は告げた。

「妙な野郎ですか……」

寅八は眉をひそめた。

「ああ。役人の手先かもな……」

若い浪人は読んだ。

「寅八、此奴（こいつ）は早く片付けた方が良いな……」

背の高い浪人は苦笑した。

「ええ。ですが青柳（あおやぎ）さん、政吉とおりんが何処に逃げたか分からない限り……」

寅八は首を捻った。

「寅八、逃げるには金が掛かる。半端な遊び人の政吉は大して金もなく、仲間や顔見知りを頼るしかあるまい」

青柳と呼ばれた背の高い浪人は笑った。

「じゃあ……」

「政吉は古い仲間を頼ったか……」

若い浪人は睨んだ。

「ああ。北本（きたもと）の睨み通り、政吉は古い仲間を頼って隠れている筈だ。所詮（しょせん）は半端な小悪党。僅かな金や脅しで仲間を売るのに躊躇いはあるまい……」

青柳は苦笑した。

「政吉と親しくしている古い仲間ですか……」

「ああ。知っているか……」

「ええ。何人か……」

寅八は、嘲笑を浮かべた。

「よし。そいつらに急ぎ当たってみよう」

青柳は立ち上がった。

寅八と北本が続いた。

三味線の爪弾きは続いていた。


下谷広小路傍の上野北大門町の裏通りには、開店前の小さな飲み屋があった。

酉造は、開店前の小さな飲み屋に入った。

半次は見届けた。

「あの飲み屋か……」

半兵衛がやって来た。

「ええ。おそらくあの飲み屋の女将が寅八の情婦なんでしょうね」

半次は読んだ。

「うん。で、寅八、いるのかな……」

半兵衛は、小さな飲み屋を眺めた。

「踏み込みますか……」

半次は、半兵衛の出方を窺った。

「さあて、どうするかな……」

半兵衛は迷った。

小さな飲み屋の腰高障子が開いた。

半兵衛と半次は、物陰に素早く隠れた。

酉造と年増の女将が出て来た。

「じゃあ女将さん、寅八の兄貴が来たら役人が捜し廻っているので、暫く身を隠した方が良いって……」

「分かったよ。良く報せてくれたね」

女将は、酉造に小粒を握らせた。

「此奴はどうも。じゃあ、御免なすって……」

酉造は、小粒を握り締めて駆け去った。

「寅八、いないようですね」

半次は睨んだ。

「うん。よし、寅八が帰って来るかもしれない。暫く見張ってくれ」

半兵衛は命じた。

鳥越川は元鳥越町と猿屋町(さるやちょう)の間を流れ、新堀川(しんぼりがわ)と合流して大川に流れ込んでいる。

寅八は、浪人の青柳や北本と共に鳥越川に架かっている甚内橋(じんないばし)を渡り、鳥越明神の裏町に進んだ。

そこには古い長屋があった。

「此処に住んでいる梅吉(うめきち)って半端な博奕打(ばくちう)ちが、政吉と餓鬼の頃から連(つる)んで悪さをしていたそうですぜ」

寅八は、木戸を潜って奥の家に進んだ。

青柳と北本は続いた。

奥の家から若い男が出て来た。

「おう。梅吉かい……」

寅八は、若い男に声を掛けた。

梅吉と呼ばれた若い男は血相(けっそう)を変え、身を翻して家に駆け戻った。

「待ちな、梅吉……」

寅八は追った。

「北本、追え……」

青柳は促した。

北本は、寅八に続いて奥の家に駆け込んだ。

青柳は身を翻した。


裏路地から政吉が飛び出して来て、鳥越明神の境内に逃げ込んだ。

寅八と北本は追った。


鳥越明神の境内に参拝客は少なく、閑散(かんさん)としていた。

政吉は、鳥越明神の裏手から境内を駆け抜けて逃げようとした。

行く手に青柳が現れた。

政吉は、慌てて戻ろうとした。

寅八と北本が追って来ていた。

政吉は挟まれ、立ち竦んだ。

「政吉、調子に乗って馬鹿な真似をしたもんだな……」

寅八は、政吉を嘲笑した。

「寅八さん、見逃してくれ……」

政吉は、声を引き攣らせた。

「見逃して欲しいかい……」

「ああ……」

「だったら、おりんが何処に隠れているのか教えな……」

寅八は、政吉に狡猾な眼を向けた。

「おりんは、おりんは利平の父っつあんと一緒です」

「利平の父っつあんと……」

「ええ……」

「で、何処にいる……」

「知らない。知らないんです」

政吉は、恐怖に声を震わせた。

刹那、青柳は抜き打ちの一刀を放った。

閃光が走り、血が飛び、政吉は顔を激しく歪めて大きく仰け反った。

四

半兵衛は、鳥越川に架かっている甚内橋を渡り、鳥越明神の境内に急いだ。

本殿の裏には、神社の者や野次馬(やじうま)が集まっていた。

「すまんね。ちょいと通してくれ……」

半兵衛は前に出た。

「半兵衛の旦那……」

音次郎が駆け寄った。

「おう。音次郎……」

「仏は政吉だそうです」

音次郎は報せた。

「政吉か……」

半兵衛は、死体に手を合わせた。

音次郎が、被せられていた筵を捲った。

政吉の死に顔が現れた。

半兵衛は、政吉の死体を検めた。

「袈裟懸けの一刀か……」

半兵衛は読んだ。

「はい。殺ったのは、清助を斬った奴の一人ですかね」

音次郎は眉をひそめた。

「おそらくな。で、政吉は此の界隈に隠れていた処を見付かった」

半兵衛は、辺りを見廻した。

野次馬の背後にいた梅吉が眼を逸らし、慌ててその場から離れた。

「音次郎……」

「はい……」

「あいつを追うよ」

半兵衛は、立ち去って行く梅吉を示した。

「えっ……」

「おそらく、政吉を匿っていた奴だ」

半兵衛と音次郎は、梅吉を追った。

梅吉は、古い長屋の木戸に駆け込み、乱れた息を整えた。

「政吉、此処に隠れていたのか……」

半兵衛と音次郎が現れた。

梅吉は驚き、後退りした。

「して、政吉を殺したのは誰だ」

半兵衛は、梅吉を厳しく見据えた。

「浪人の青柳と北本、それに浅草の地廻り聖天一家の寅八です」

梅吉は項垂れた。

「浪人の青柳と北本、それに寅八か……」

半兵衛は眉をひそめた。


「残るはおりんか……」

半兵衛は、音次郎を伴って鳥越明神の境内に戻った。

「そのおりんですが、駒形堂横の茶店は雨戸を閉め、誰もいませんでした」

「主の利平もか……」

「はい。で、若い浪人が様子を窺いに来ましてね。後を尾行たんですが、湯島天神で逃げられまして、捜し廻っていたら……」

「政吉殺しに出くわしたか……」

「はい。それにしてもおりん、何処に隠れたんですかね」

「利平と一緒なら容易に見付からないだろう」

半兵衛は苦笑した。

「えっ。どう云う事ですか、旦那……」

音次郎は戸惑った。

「音次郎、利平は只の茶店の父っつあんじゃあない……」

半兵衛は苦笑した。


上野北大門町の裏通りの小さな飲み屋は、開店前の休息の時を迎えていた。

半次は、物陰から見張っていた。

地廻りの寅八は、未だ現れてはいなかった。

小さな飲み屋の女将はおとき、地廻りの寅八の情婦に違いない……。

半次は、木戸番から小さな飲み屋について聞き込み、見張り続けた。

菅笠を被った老爺がやって来た。

半次は見守った。

菅笠の老爺は、小さな飲み屋を窺うように通り過ぎた。

小さな飲み屋を窺っている……。

半次は気が付いた。

菅笠を被った老爺は、物陰に入って小さな飲み屋を見張り始めた。

何者だ……。

半次は、戸惑いを浮かべて見守った。

「親分……」

音次郎が駆け寄って来た。


用部屋の障子は夕陽に赤く染まった。

「美人局だと……」

大久保忠左衛門は、細い首の筋を引き攣らせた。

「はい。おるいに良く似た顔のおりんと申す娘。二人の男と美人局を働き、脅した相手に恨みを買いましてね……」

半兵衛は、おりんの所業を報せた。

忠左衛門は驚き、言葉を失った。

半兵衛は、美人局で甚振られた旦那が食詰め浪人を雇い、政吉と清助を殺し、おりんを付け狙っていると報せた。

「おのれ、おりん、何と愚かな真似を。半兵衛、おりんの身柄を急ぎ押さえ、食詰め浪人共と甚振られた旦那を取り押さえるのだ」

忠左衛門は、筋張った細い首の喉仏を苛立たし気に上下させた。

「心得ました。処で大久保さま、隠居された隠密廻りの方に、盗賊狐火の吉五郎一味に利平と申す配下がいなかったか、訊いて貰えませんか……」

「利平……」

忠左衛門は、白髪眉をひそめた。

「はい……」

半兵衛は頷いた。


上野北大門町の小さな飲み屋は明かりを灯し、馴染の客の笑い声が零れていた。

菅笠を被った老爺は、物陰から小さな飲み屋を見張っていた。

「あの父っつあん、駒形堂の茶店の利平ですかね……」

音次郎は、菅笠を被った老爺を窺った。

「きっとな……」

半次と音次郎は、菅笠を被った老爺と小さな飲み屋に地廻りの寅八が来るのを見張った。

刻が過ぎた。

小さな飲み屋に客が出入りした。だが、地廻りの寅八と食詰め浪人の青柳と北本は現れなかった。

菅笠を被った老爺は、物陰を出た。

「親分……」

「うん。何処に行くのか見届ける。音次郎は此処を頼む……」

「承知……」

音次郎は頷いた。

半次は、菅笠を被った老爺を追った。

夜の下谷広小路は人気(ひとけ)もなく、閑散(かんさん)としていた。

菅笠の老爺は、下谷広小路を足早に横切って上野新黒門町(しんくろもんちょう)に進んだ。

半次は、暗がり伝いに巧(たく)みに追った。

菅笠の老爺は、上野新黒門町にある瀬戸物屋『和泉屋(いずみや)』の前に佇んだ。

瀬戸物屋『和泉屋』は、大戸を閉めて静寂に覆われていた。

菅笠の老爺は、静かな瀬戸物屋『和泉屋』を眺めた。

半次は、暗がりから見守った。

菅笠の老爺は利平なのか……。

利平ならば、瀬戸物屋『和泉屋』にどんな用があるのか……。

瀬戸物屋『和泉屋』の大戸の隙間からは、微かな明かりが洩れていた。

菅笠の老爺は、『和泉屋』に近付き、潜り戸を叩こうとした。だが、潜り戸を叩くのを思い止まり、『和泉屋』から離れた。

どうした……。

半次は、微かな戸惑いを浮かべながら菅笠の老爺を追った。

菅笠の老爺は、夜の町を不忍池(しのばずのいけ)に向かった。

半次は追った。

夜道に慣れた足取りだ……。

半次は、菅笠の老爺の足取りを読んだ。

菅笠の老爺は、時々立ち止まっては背後を窺い、夜の町を進んだ。

素人の足取りじゃあない……。

半次は睨んだ。

不忍池の畔から谷中八軒町に進み、天王寺脇の芋坂を下りると石神井用水に出る。

石神井用水の流れに月影は揺れた。

菅笠を被った老爺は、石神井用水沿いを進んで根岸の里に入った。

根岸の里、石神井用水沿いの家々には小さな明かりが洩れていた。

菅笠の老爺は進んだ。そして、石神井用水沿いにある背の高い垣根に囲まれた家に入った。

半次は見届けた。

夜の根岸の里には、石神井用水のせせらぎが静かに響いていた。

「して、上野新黒門町の瀬戸物屋和泉屋を窺ってから根岸の里か……」

半兵衛は、小さな笑みを浮かべた。

「ええ。菅笠を被った年寄り、ひょっとしたら茶店の利平じゃあないかと……」

半次は、己の睨みを告げた。

「うん。おそらく半次の睨み通りだろう」

半兵衛は頷いた。

「旦那もそう思いますか……」

「うむ。おりん、政吉、清助に美人局を仕掛けられたお店の旦那、和泉屋の旦那かもしれぬ……」

「じゃあ、寅八や浪人の青柳や北本を雇ったのは……」

半次は、緊張を滲ませた。

「うむ。半次、和泉屋の旦那を調べて張り付くんだな」

半兵衛は頷き、命じた。

「承知しました。で、半兵衛の旦那は……」

「大久保さまに呼ばれていてな……」

半兵衛は、大久保忠左衛門の用部屋の方を見て苦笑した。

「お呼びですか……」

半兵衛は、忠左衛門の用部屋を訪れた。

用部屋には、忠左衛門の他に袖無し羽織を着た白髪の侍がいた。

「おう。来たか、半兵衛。ま、入れ……」

「はい……」

半兵衛は、用部屋に入った。

「半兵衛、こっちは筧右門、元北町奉行所の隠密廻り同心だ」

忠左衛門は、半兵衛に筧右門を引き合わせた。

「白縫半兵衛どのか、筧右門だ。此度はいろいろ造作を掛ける……」

右門は、半兵衛に白髪頭を深々と下げた。

筧右門、女盗賊のおるいに良く似たおりん捜しを忠左衛門に頼んだ元隠密廻り同心……。

半兵衛は知った。

「いえ、白縫半兵衛です。筧さん、もし良ければ、これから一緒に根岸の里に行ってみませんか……」

半兵衛は誘った。

「根岸の里……」

右門は、白髪眉をひそめた。

「ええ……」

半兵衛は微笑んだ。


上野新黒門町の瀬戸物屋『和泉屋』は、繁盛していた。

音次郎は、見張り続けていた。

瀬戸物屋『和泉屋』の主の亀次郎は、番頭たち奉公人の先頭に立って商売に励んでいた。

「どうだ……」

半次がやって来た。

「此と云って変わりはありません」

「そうか。旦那の亀次郎はいるな……」

「ええ。旦那の亀次郎、どんな奴でした」

「自身番の家主さんたちの話じゃあ、商売上手の遣り手だそうでな。女好き、それも若い女がお気に入りで、若い好みの女となると夢中になるって話だよ」

半次は苦笑した。

「おりん、好みの女だったんでしょうねえ」

音次郎は感心した。

「ああ。それで美人局だ。好みの若い女だっただけに、怒りも大きければ、恨みも深くて血迷ったって処だな……」

半次は、厳しい面持ちで読んだ。

「ええ。で、地廻りの寅八におりんたちを殺し、恨みを晴らすように頼みましたか……」

「きっとな……」

「寅八と食詰め浪人の青柳と北本、今もおりんを捜しているでしょうね」

「ああ。寅八の地廻り仲間、博奕打ちに渡世人、食詰め浪人。いろんな伝手を使って捜している筈だ」

「おりん、見付からなきゃあ良いんですがね」

音次郎は眉をひそめた。

石神井用水の流れは煌めいた。

半兵衛と筧右門は、石神井用水沿いを根岸の里に進んでいた。

「して、筧さん。盗賊狐火の吉五郎一味に利平と云う手下、いたんですか……」

「いましたよ……」

右門は頷いた。

「やはり、いましたか……」

「うむ。女盗賊のおるいに惚れていた……」

右門は、遠い昔を思い出すように告げた。

「そうでしたか……」

「白縫どの、おりんと申すおるいに似た娘、利平と一緒にいるのか……」

右門は訊いた。

「ええ。おじさんと呼ばれ、いろいろ面倒を見ているようです」

「そうですか……」

右門は頷いた。

「あそこか……」

半兵衛は、行く手に背の高い垣根を廻した家があり、半纏を着た男と二人の浪人が窺っているのに気が付いた。

地廻りの寅八と浪人の青柳、北本……。

半兵衛は見定めた。

「どうかしたかな……」

右門は眉をひそめた。

「おりんの仲間を殺した者共です」

「何……」

右門は、高い垣根の家を窺っている寅八と青柳、北本を厳しく見詰めた。

「そして、今はおりんの命を狙っている……」

半兵衛は苦笑した。

利平は、閉めた雨戸の隙間から外の様子を窺った。

隙間から見える外には、地廻りの寅八と二人の浪人の姿が見えた。

「寅八の野郎……」

利平は、老いた顔に怒りを滲ませた。

「利平のおじさん……」

薄暗い家の中には、おりんが緊張した面持ちでいた。

「おりん、奴らが踏み込んで来たら直ぐに逃げるんだ。良いな……」

「おじさん、此処も見付かった。もう、逃げる処なんてないよ」

「いや。未だある……」

「あるって、何処……」

「八丁堀（はっちょうぼり）は北島町（きたじまちょう）に住んでいる筧右門って人の処だ」

「八丁堀の筧右門……」

おりんは眉をひそめた。

「ああ。筧右門って人の処に行って、おるいの娘だと云えば、必ず助けてくれる」

利平は告げた。

「助けてくれるって、おじさんのように……」

おりんは、不安を浮かべた。

「きっと、俺以上だ……」

利平は、淋（さみ）し気（げ）な笑みを浮かべた。

「おじさん、その筧右門って人、死んだおっ母さんや私と拘わりがあるのかい……」

「ああ……」

利平は頷いた。

刹那、表の腰高障子を蹴破る音がした。

「逃げろ、おりん……」

利平は、雨戸を素早く開けておりんを庭に突き飛ばした。

青柳と北本が、表から踏み込んで来た。

利平は、匕首を構えた。

「利平、おりんは何処だ……」

北本が怒鳴り、利平に斬り掛かった。

利平は、必死に躱した。

「おのれ……」

北本と青柳は、刀を翳して利平に迫った。

次の瞬間、半兵衛が追って現れ、北本を蹴飛ばし、青柳に抜き打ちの一刀を放った。

青柳は、腕を斬られて刀を落とし、血を流して蹲った。

北本は、慌てて逃げようとした。

半兵衛は、青柳の刀を拾って投げた。

北本は、刀を尻に受けて悲鳴を上げて前のめりに倒れた。

半兵衛は、襲い掛かった。

「おじさん……」

おりんは、庭先から家の中を覗こうとした。

「おりん……」

寅八が現れ、匕首を構えておりんに飛び掛かった。

おりんは立ち竦んだ。

刹那、拳大の石が飛来し、寅八の顔面に当たった。

寅八は、鼻血を飛ばして蹲った。

おりんは戸惑った。

筧右門が庭に入って来た。

「おるいの娘のおりんか……」

右門は、おりんを見詰めた。

「はい……」

おりんは、戸惑いながらも頷いた。

「そうか。おりんか……」

右門は微笑んだ。

「野郎……」

寅八は、鼻血に汚れた顔で右門に匕首を構えて突き掛かった。

右門は、匕首を握る寅八の腕を取って鋭い投げを打った。

寅八は、激しく庭に叩き付けられた。

右門は、倒れた寅八の鳩尾に拳を鋭く叩き込んだ。

寅八は、苦しく呻いて気を失った。

「大丈夫か、おりん……」

家から飛び出して来た利平が、右門に気が付いた。

「筧右門の旦那……」

利平は、呆然と立ち尽くした。

「おう、利平。お互い、爺になったな……」

右門は苦笑した。

「やあ。お見事でした……」

半兵衛が家から出て来た。

「昔取った杵柄(きねづか)。どうにかな……」

右門は、刀の下緒(さげお)で気を失っている寅八を縛り上げた。

「さあて、おりん。お前たちの美人局の鴨は上野新黒門町の瀬戸物屋和泉屋の主の亀次郎だな……」

半兵衛は、おりんを見据えた。

「は、はい……」

おりんは頷いた。

「よし……」

半兵衛は微笑んだ。

半兵衛は、地廻りの寅八、浪人の青柳と北本を大番屋の仮牢に叩き込んだ。そして、半次や音次郎と瀬戸物屋『和泉屋』の主亀次郎を政吉や清助殺しを命じた罪で捕縛した。

大久保忠左衛門は、瀬戸物屋『和泉屋』亀次郎、寅八、青柳、北本を死罪に処した。そして、おりんを美人局の罪で江戸払いの刑に処した。

江戸払いとは、品川、板橋、四ツ谷、千住の大木戸内と本所深川に住む事を禁じる刑だ。

筧右門は、四ツ谷大木戸の外にあった茶店を居抜きで買い、利平とおりんに預けた。

利平とおりんは、四ツ谷大木戸外で茶店を営み始めた。

忠左衛門は、利平が元盗賊であり、おりんが盗賊の娘だと云う事に知らぬ顔をした。

「世の中には我ら町奉行所の者が知らん顔をした方が良い事もある。そうだな、半兵衛……」

「ま、そんな処ですか……」

忠左衛門は、細く筋張った首を伸ばして知らぬ顔の忠左衛門を気取った。

半兵衛は苦笑した。

「それで半兵衛の旦那、筧右門さまとおりん、どんな拘わりだったんですか……」

音次郎は首を捻った。

「二十年前、右門さんが隠密廻りとして盗賊狐火一味に潜り込んだ時、女盗賊のおるいが右門さんに惚れてね。右門さんはそいつを利用して狐火の吉五郎一味をお縄にした。その時、右門さんは身籠っていたおるいと、おるいに岡惚れしていた利平を逃がしたそうだ」

「じゃあ、おりんは覚さまの……」

「さあて、それ以上の事は……」

「知らん顔の半兵衛さんですか……」

半次は苦笑した。

「まあな。今更、知る必要もないからね……」

半兵衛は笑った。

第二話　占い師

一

朝、雨は漸く上がった。

屋根の軒から滴り落ちる雫は、朝陽を受けて七色に輝いた。

半兵衛は、縁側に座って廻り髪結の房吉の日髪日剃を受けていた。

「二日振りの朝陽ですか……」

房吉は、半兵衛の月代を剃りながら眩し気に空を見上げた。

「うん。鬱陶しかったね……」

半兵衛は、朝陽を浴びて心地好さそうに眼を瞑っていた。

「旦那、近頃、西堀留川は中ノ橋の東詰、小舟町一丁目に良く当たる占い師が現れたそうですよ」

房吉は告げた。

「へえ。良く当たる占い師ね……」

「ええ。恋占いから失せ物、病、商売、何でも占うそうですが、そいつが良く当たるって話でしてね。占って貰いたいって人が列をなしているとか……」

「そいつは凄いね。して、何て占い師だい……」

半兵衛は訊いた。

「天命堂紅って占い師です」

「天命堂紅……」

半兵衛は、戸惑いを浮かべた。

「ええ。女の占い師、色っぽい年増だそうですよ」

房吉は苦笑した。

「ほう、女の占い師ねえ……」

半兵衛は、瞑っていた眼を開けた。

「天命堂紅ですか……」

半次は眉をひそめた。

「うん。知っているかな……」

半兵衛は笑い掛けた。

「いいえ……」

半次は、首を横に振った。

「あれ、親分、知らないんですか。今売出しの女占い師……」

音次郎は笑った。

「知っているのか、音次郎……」

「知っているって、噂ぐらいですがね……」

「どんな噂だ……」

「恋占いで若い娘に人気の女占い師でしてね。家の前には若い女が並んで順番待ちをしているって話ですよ」

音次郎は告げた。

「良く当たるそうだな」

「それはもう。で、恋占いでその女占い師の云う通りにすれば、願いが叶うと専らの評判ですよ」

「ほう。そうなんだ……」

半兵衛は、半次と音次郎を従えて外濠に架かる呉服橋御門を渡り、北町奉行所の表門を潜(くぐ)った。

「おはよう……」

半兵衛は、半次と音次郎を表門脇の腰掛に待たせて同心詰所に入った。

「あっ。丁度(ちょうど)良かった、半兵衛さん。今、浜町堀(はまちょうぼり)は高砂町(たかさごちょう)の木戸番が来ていまし てね。高砂橋の下から若い女の土左衛門(どざえもん)があがったそうでしてね」

当番同心が告げた。

「若い女の土左衛門……」

「はい。行って貰えますか……」

当番同心は、遠慮がちに告げた。

「いいとも。高砂町の木戸番は何処(どこ)だい……」

「呼んで来ます」

当番同心は、同心詰所の裏手に走った。

吟味方与力の大久保忠左衛門に面倒な事を頼まれるより、若い女の土左衛門を調べる方が良い……。

半兵衛は、半次と音次郎を伴い、高砂町の木戸番と浜町堀に急いだ。

浜町堀の流れは緩やかだった。

半兵衛、半次、音次郎は、木戸番と共に高砂町に入った。

「仏さんは自身番かな……」

半兵衛は尋ねた。

「はい。左様にございます」

「じゃあ、先ずは高砂橋に行ってみよう」

半兵衛は告げた。

「はい……」

木戸番は、浜町堀に架かっている高砂橋に向かった。

半兵衛、半次、音次郎は続いた。

浜町堀は神田堀から続いて大川三ツ俣に流れ込み、上流から緑橋、汐見橋、千鳥橋、栄橋、高砂橋、小川橋、組合橋、川口橋が架かっている。

高砂橋は浜町堀の中程に架かっており、向かい側には大名旗本の屋敷が並んでいた。

「して、仏さんは、高砂橋の橋脚に引っ掛かっていたんだね……」

半兵衛は、高砂橋の西詰から橋脚を覗き込んだ。

「はい。蜆売りが見付けましてね。あっしと自身番の人たちで引き上げました」

木戸番は告げた。

「そうか……」

半兵衛は、浜町堀の上流を眺めた。

「身投げ、誤っての転落、それとも誰かに投げ込まれたのか……」

半次は眉をひそめた。

「うん。よし、じゃあ、仏さんを拝もうか……」

半兵衛は、高砂町の自身番に向かった。

半次、音次郎、木戸番は続いた。

捲られた筵の下から、若い女の青ざめた死に顔が現れた。

半兵衛、半次、音次郎は、手を合わせた。

「顔に傷はないようだね……」

半兵衛は、若い女の死に顔を検めた。

「ええ……」

半次は頷いた。

「だが、水を飲んで溺れ死んだ顔でもないな……」

若い女の顔は、浮腫んでもおらず綺麗なものだった。

「じゃあ、死んでから浜町堀に……」

半次は、厳しさを滲ませた。

「かもしれない。裸にしてみよう」

半兵衛、半次、音次郎は、若い女の死体の着物を脱がした。

若い女の死体には、切り傷や刺し傷はなく、首にも絞められた痕跡はなかった。

溺れ死んでいないと云うことは、殺されてから浜町堀に放り込まれたのだ。

殺しの痕跡は必ずある……。

半兵衛は、若い女の死体を厳しい面持ちで検めた。

「半次、音次郎……」

半兵衛は、若い女の死体の左乳房の膨らみの脇を指先で擦った。

擦られた左乳房の膨らみの脇に、畳針程の太さの刺し傷が赤く浮かんだ。

「旦那……」

半次は眉をひそめた。

「うん。畳針程の太さの針で心の臓を深々と突き刺されたようだね」

半兵衛は睨んだ。

「じゃあ、仏さんは殺されてから浜町堀に放り込まれた……」

半次は続いた。

「きっとな……」

殺しだ……。

半兵衛は頷き、若い女の死体の着物を元に戻した。

「で、此の仏さん、名前や身許は分かっているのかな……」

半兵衛は、立ち会いの家主に尋ねた。

「今、神田須田町の小間物屋の旦那とお内儀さんが、昨夜から娘さんが帰らないので、ひょっとしたらと、心配して来ています」

家主は告げた。

「そうか。ならば、見て貰うが良い……」

半兵衛は、半次に告げてその場を離れた。

「どうぞ……」

自身番の番人は、狭い框に腰掛けていた半兵衛に茶を差し出した。

「うん。造作を掛けるね。頂く……」

半兵衛は、番人の淹れてくれた茶を手に取った。

神田須田町の小間物屋の娘……。

半兵衛は茶を飲んだ。

「おさよ……」

若い女の母親らしき女の悲鳴が、自身番の裏から響いた。

やはり、そうか……。

父親と母親の泣き声が洩れて来た。

半兵衛は茶を啜った。

半次がやって来た。

「旦那……」

「仏さん、神田須田町の小間物屋の娘、おさよか……」

「はい。父親、小間物屋桜屋の主の文兵衛さんと母親のおとくさんが見定めました」

半次は告げた。

「そうか。して、おさよ、昨日出掛けたまま家には帰らなかったか……」

「はい。そう云っています……」

「おさよ、昨日、何処に出掛けたのかは、分かっているかな……」

「そいつは未だ。何分にも文兵衛さんもおとくさんも気が動転していて……」

半次は眉をひそめた。

「そりゃあそうだな……」

半兵衛は頷いた。

「よし。詳しい事は、弔いが終わってからだ。何れにしろ、おさよが浜町堀に放り込まれた場所を探すとするか……」

半兵衛は決めた。

「分かりました。じゃあ、仏さんを引き取らせて良いですか……」

「うん。音次郎を付けてやると良い」

「承知しました……」

半次は、自身番の裏手に戻って行った。

半兵衛は、残りの茶を啜った。

茶は冷たかった。


何れにしろ、神田須田町の小間物屋『桜屋』の娘おさよが殺され、浜町堀に放り込まれたのは、高砂橋より上流だ。

半兵衛は、半次と浜町堀沿いに昨夜のおさよの足取りを探した。

栄橋、千鳥橋、汐見橋、緑橋……。

半兵衛と半次は、橋の袂(たもと)の店や行商人たちに昨日、おさよらしい娘を見掛けなかったか尋ね歩いた。

だが、おさよらしい娘を見掛けた者は浮かばなかった。

「いませんね。おさよを見掛けた者……」

半次は、吐息を洩らした。

「半次、此奴(こいつ)は夜だな……」

半兵衛は告げた。

「夜ですか……」

「うん。殺(あや)めたのも、死体を浜町堀に投げ込んだのも夜だとすれば、昼間に見た者もいないか……」

半兵衛は苦笑した。

「じゃあ、旦那……」

半次は眉をひそめた。

「心配するな、半次。天網恢恢疎(てんもうかいかいそ)にして漏(も)らさずだ。夜の事は夜来てみなきゃあ分からないさ」

半兵衛は笑った。

「はい……」

半次は頷いた。

「それにしても、おさよ。昼間、何処に何をしに来ていたのかだな」

半兵衛は眉をひそめた。

「はい……」

陽は西に大きく傾(かたむ)き始めた。

夕暮れ時。

　神田須田町の小間物屋『桜屋』には僧侶の経が響き、娘おさよの弔いが始まった。

　親類の者や商売に拘わりのある者、おさよの友人らしき町娘たちも弔問に訪れていた。

　父親の文兵衛と母親のおとくは、涙を拭きながら懸命に弔問客の相手をしていた。

　半兵衛と半次は、仏に手を合わせて外に出た。

「旦那、親分……」

　音次郎が寄って来た。

「おう。何か分かったか……」

　半次は訊いた。

「いえ。奉公人たちも忙しくて未だ何も……」

「そうか……」

「よし、半次、音次郎。あの娘たちに聞き込んでみな」

　半兵衛は、半次と音次郎におさよの友人と思われる二人の町娘たちを示した。

「はい……」

半次と音次郎は、片隅で泣いている二人の町娘たちに近付き、十手(じって)を見せた。

半次は、町娘たちと歳の近い音次郎に聞き込みを任せた。

二人の町娘たちは、おさよの裁縫(さいほう)の修業仲間だった。

「おさよ、昨日、何処に行ったのか、知っているかな……」

「さあ……」

二人の町娘は、顔を見合わせて首を横に振った。

「じゃあ、おさよ。近頃、何かに夢中になっていたなんて事はなかったかな」

音次郎は訊いた。

「夢中になっていた事ですか……」

町娘は眉をひそめた。

「ああ。何でも良いんだけどな」

音次郎は、困り果てた顔をした。

「何でも良いの……」

「ああ。思い出してくれるとありがたいんだが……」

「あれ、云(い)う……」

「あれ……」

二人の町娘は、秘密めかして囁き合った。

「あれって、何だい……」

音次郎は食い付いた。

「おさよちゃん、好きな人が出来てね。その人に夢中になっていたんですよ」

「好きな人……」

音次郎は訊き返した。

「ええ……」

「そいつは何処の誰かな……」

「さあ。おさよちゃん、そこ迄は教えちゃあくれなくて……」

「分からないか……」

音次郎は、肩を落とした。

「ええ。でも今度、占い師の天命堂紅に占って貰って、大願成就と出たら教えてくれるって云っていたのに……」

町娘は、そう云って涙を拭った。

「えっ。おさよ、占い師の天命堂紅に……」

音次郎は眉をひそめた。

「ええ。どんな占いが出るか楽しみだって……」

町娘は頷いた。

「親分……」

「うん。天命堂紅か……」

半次は頷いた。

「はい。天命堂紅の家は小舟町一丁目、浜町堀と遠くはありません」

音次郎は意気込んだ。


刻が過ぎ、弔問客は途絶えた。

両親の文兵衛とおとくは、漸く落ち着きを取り戻した。

半兵衛は、文兵衛とおとくに聞き込みを始めた。

「して、おさよは昨日、何処に何しに行ったのかな……」

半兵衛は尋ねた。

「おとく……」

文兵衛は、お内儀のおとくを促(うなが)した。

「は、はい。おさよは昨日、お針の稽古(けいこ)仲間と逢(あ)うと云って出掛けました」

おとくは告げた。

「お針の稽古仲間ってのは、誰かな……」

「さあ、そこ迄は……」

「そうか。で、そのまま帰って来なかったのだね……」

「はい……」

おとくは涙を拭った。

「それで、夜になっても帰らないので、親類やお針の稽古仲間など、おさよの行きそうな処を奉公人たちと手分けして捜したのですが、何処にもいなくて……」

文兵衛は、声を震わせた。

「そうか……」

「はい。で、夜が明けてから自身番に……」

「うん。処で文兵衛、おとく。おさよは好きな男が出来たそうだが、何処の誰か知っているかな」

半兵衛は尋ねた。

「好きな男だなんて、手前は存じません……」

文兵衛は狼狽えた。

「お内儀、お前さんはどうかな……」

「はい。私は好きな男が出来たとは聞きましたが、何処の誰か迄は……」

「聞いていないか……」

「はい。おさよは未だ教えてくれませんでした。こんな事になるなら無理矢理にでも……」

おとくは悔やみ、項垂れた。

「そうか。ならば、おさよが小舟町の占い師の天命堂紅の処に行くと云っていたそうだが、そいつは知っていたかな」

「いいえ。そのような事は存じません……」

おとくは告げ、文兵衛は頷いた。

「処で文兵衛、おとく。おさよが誰かに恨まれていたような事はなかったかな」

「おさよが恨まれていたなんて……」

文兵衛は、首を横に振った。

「ありません。そんな事……」

おとくは、哀し気に告げた。

「そうか……」

殺されたおさよは恨まれているような事はなく、何処の誰かは分からないが惚れた男がおり、占い師天命堂紅の処に行こうとしていた。

夜。

浜町堀の緩やかな流れに月影は揺れた。

半兵衛は、音次郎を小間物屋『桜屋』の見張りに残し、半次と共に浜町堀沿いに夜の仕事をしている者を捜した。

そして、千鳥橋の袂に夜鳴蕎麦屋の屋台が出ていたのを知った。

半兵衛と半次は、千鳥橋の袂の夜鳴蕎麦屋の屋台に駆け寄った。

「昨夜ですか……」

「うん。十七、八歳の娘を見掛けなかったかな……」

半次は訊いた。

「さあて、見掛けなかったけど……」

夜鳴蕎麦屋は首を捻った。

「声も聞かなかったかな……」

「娘の声ですか……」

「さあ、何か重い物が浜町堀に落ちたような水音は遠くから聞こえましたが、娘の声はねえ……」

「うむ……」

「その水音、上流の汐見橋の方か、それとも下流の栄橋の方のどちらから聞こえたかな」

「上流の汐見橋の方からでしたよ」

夜鳴蕎麦屋は、上流の汐見橋の方を眺めた。

「旦那……」

「うん。汐見橋と緑橋の架かる辺りだ」

半兵衛は、おさよの死体が投げ込まれた場所を読んだ。

二

半兵衛と半次は、汐見橋の両詰を検めた。

だが、殺されたおさよが浜町堀に投げ込まれた痕跡は何もなかった。

「何も見付かりませんね」

半次は肩を落とした。

「うん。ま、殺されたおさよが千鳥橋より上流にある汐見橋と緑橋辺りから投げ込まれたと分かっただけでも上出来だよ」

半兵衛は苦笑した。

夜の浜町堀には屋根船の船行燈が揺れ、三味線の爪弾きが洩れて来た。


占い師天命堂紅……。

翌日、半兵衛は、半次や音次郎を伴って外濠から日本橋の通りに出て浮世小路を抜けた。

そこは西堀留川の堀留であり、その向こうには小舟町が見えた。

半兵衛、半次、音次郎は進んだ。

西堀留川に架かっている中ノ橋の東詰、小舟町一丁目の外れにある板塀に囲まれた仕舞屋の前には、数人の町娘がいた。

「あそこだな、占い師の天命堂紅の家は……」

半兵衛は睨んだ。

「はい。きっと……」

半次は頷いた。

「それにしても繁盛していますね」

音次郎は、家の前にいる町娘たちを眺めた。

「ああ……」

「皆、恋占いですかね……」

音次郎は、町娘たちを眺めた。

「きっとな。音次郎には縁がないようだが……」

半次は苦笑した。

「ええ。羨ましい話ですぜ」

音次郎は悔しがった。

「さあて、半次。天命堂紅に逢う手筈を整えてくれ……」

半兵衛は命じた。

占い師の天命堂紅は尼僧姿だった。

半兵衛、半次、音次郎は四半刻(三十分)程待たされ、老番頭の喜十に案内されて占い部屋に誘われた。

占い部屋は薄暗く、香が焚かれ、水晶玉の置かれた文机の奥には、尼僧姿の年増が座っていた。

「紅さま、北町奉行所の方々がお聞きしたい事があると、お見えにございます」

喜十は、尼僧姿の女に告げた。

「私は北町奉行所同心の白縫半兵衛、こっちは本湊の半次と音次郎……」

半兵衛は、尼僧姿の紅を見据えて告げた。

「天命堂紅にございます。御用は、昨日、此処にみえた娘さんの事ですか……」

尼僧姿の紅は、半兵衛を見詰めた。

「流石は評判の占い師だな……」

半兵衛は、用件を見抜いた天命堂紅に小さく笑った。

「して、どのような……」

紅は微笑んだ。

「うん。それなのだが、昨日、神田須田町の小間物屋桜屋のおさよって娘が占って貰いには来なかったかな」

半兵衛は尋ねた。

「おさよさんですか……」

紅は、喜十を一瞥(いちべつ)した。

「恋占いに来た十七歳の娘さんですよ」

喜十は告げた。

「ああ。片思いの呉服屋の若旦那との行く末を占って欲しいと来た娘さんですか……」

紅は思い出した。

「はい……」

喜十は頷いた。

やはり、小間物屋『桜屋』の娘のおさよは、占い師の天命堂紅の処に来ていた。

「旦那……」

半次は、緊張を滲ませた。

「うむ。ならば昨日、おさよが此処に来たのは間違いないのだな」

半兵衛は念を押した。

「はい……」

紅は頷いた。

「そいつはいつ頃かな……」

半兵衛は、喜十を見据えた。

「昼過ぎ、未の刻八つ（午後二時）ぐらいでしたか……」

喜十は、思い出したように告げた。

「未の刻八つか……」

「はい。で、四半刻程、紅さまに占って頂いてお帰りになりましたが……」

喜十は告げた。

「して、占いは惚れた呉服屋の若旦那との行く末だと聞いたが、相手は何処の呉服屋の若旦那なのかな……」

「さあて、私が覚えているのは、恋は叶わず、との占いの首尾を教えただけ……」

「ほう。おさよの恋は叶わず、か……」

半兵衛は知った。

「如何にも。恋は叶わず。相手が何処の呉服屋の若旦那かなど、存じません」

紅は、尤もらしい面持ちで告げた。

「そうか。して、おさよ、恋は叶わずと告げられ、どうしたのかな」

半兵衛は、紅を見据えた。

「ならば、どうすれば叶うのか占ってくれと申しましてね……」

「うん……」

「どのような手立てを使っても叶わぬと、占いには出ており、諦めるのが肝要と教えてやりました」

紅は、淋し気な笑みを浮かべた。

「成る程。で、おさよは……」

「しょんぼりと肩を落としてお帰りになりましたよ」

紅は、気の毒そうに告げた。

「それで、四半刻程か……」

半兵衛は頷き、紅に礼を述べて占い部屋を後にした。

半次と音次郎が続いた。

「お役目、御苦労さまにございました」

老番頭の喜十は、笑みを浮かべて見送ろうとした。

「して、喜十。おさよの惚れた若旦那、何処の呉服屋の誰なんだい……」

半兵衛は、喜十に笑い掛けた。

「えっ……」

喜十は戸惑った。

「占って貰いに来た客を、何も訊かずに紅の許に誘っている訳じゃあるまい……」

半兵衛は読んだ。

「喜十さん、事は人殺しに拘わっている。知っている事があれば、正直に云った方がお前さんの身の為だよ」

半次は、笑顔で勧めた。

「は、はい。おさよさんの惚れた若旦那は室町の呉服屋菱田屋の幸助さんです」

喜十は、畏れ入ったように告げた。

「室町は呉服屋菱田屋の幸助か……」

「はい。左様にございます」

喜十は頷いた。

「そうか。良く分かった……」

半兵衛は苦笑した。

半兵衛は、半次や音次郎と占い師天命堂紅の家を出た。

「よし。半次、私は菱田屋の幸助に逢って来る。音次郎と天命堂紅と番頭の喜十を見張ってくれ」

「紅と喜十ですか……」

半次は、微かな戸惑いを浮かべた。

「うん。おさよの事でもわかるように、喜十は占い客の素性や占い事の仔細をそれとなく訊き出している。それをどうしているのか気になってね」

半兵衛は苦笑した。

「成る程、分かりました……」

「じゃあな……」

半兵衛は、半次と音次郎を残して室町の呉服屋『菱田屋』に向かった。

半次と音次郎は半兵衛を見送り、占い師天命堂紅の家の見張りに就いた。

占い師天命堂紅の家がある小舟町一丁目から室町は遠くはない……。

半兵衛は、西堀留川に架かっている中ノ橋を渡り、道浄橋から浮世小路に進んだ。

浮世小路を抜けると日本橋通りであり、室町三丁目だ。

半兵衛は、浮世小路から日本橋通りを室町二丁目に向かった。

室町二丁目に呉服屋『菱田屋』はあった。

呉服屋『菱田屋』は、老舗大店(しにせおおだな)らしく静かに繁盛していた。

「いらっしゃいませ……」

手代(てだい)は、巻羽織の半兵衛を怪訝(けげん)な面持ちで迎えた。

「うむ。若旦那の幸助、いるかな……」

半兵衛は、手代に尋ねた。

「は、はい……」

手代は頷いた。

「じゃあ、ちょいと訊きたい事があるんだが、呼んで貰えるかな……」

半兵衛は笑い掛けた。

「どうぞ……」

手代は、半兵衛を店の座敷に通して茶を差し出した。

「すまないね……」

半兵衛は、礼を云って茶を啜った。

茶は美味かった。

「流石だね……」

半兵衛は笑った。

「畏れ入ります。若旦那の幸助は間もなく参ります」

「うん……」

半兵衛は、美味そうに茶を飲んだ。

「お待たせ致しました。菱田屋の幸助にございます」

羽織を着た若い男は、戸惑いを浮かべて店の座敷に入って来た。

「では……」

手代は、盆を持って退って行った。

「私は北町奉行所同心白縫半兵衛。忙しい時に申し訳ないね」

「いいえ。で、白縫さま、私に御用とは……」

幸助は、半兵衛を窺った。

「うん。おさよって娘を知っているかな」

半兵衛は、幸助を見据えて尋ねた。

「おさよさん、ですか……」

幸助は、戸惑いを浮かべた。

「うむ……」

「さあ。存じませんが……」

「神田須田町の小間物屋桜屋の娘のおさよだよ……」

「小間物屋桜屋の娘のおさよさん……」

幸助は、僅かな不安を過ぎらせた。

「うむ。どうかな……」

「やはり、存じませんが……」

幸助は、首を横に振った。

「そうか、知らないか……」

「はい。白縫さま、そのおさよさんが何か……」

幸助は眉をひそめた。

「うん。実はおさよ、殺されてね……」

半兵衛は、幸助を見据えて告げた。

「殺された……」

幸助は驚いた。

「ああ……」

幸助の驚きに嘘は感じられない……。

半兵衛は見定めた。

「それで、どうして手前に……」

幸助は、声を震わせた。

「うん、他でもない。おさよ、お前さんに片思いをしていてね……」

「えっ……」

幸助は呆然とした。

「で、おさよの片思いが本当かどうか、確かめに来たのだが、どうやら片思いに間違いはないようだ」

半兵衛は苦笑した。

「手前に片思いですか……」

幸助は困惑した。

「ああ……」

半兵衛は苦笑した。


小舟町の占い師天命堂紅の家は、占いを願う客も途絶えた。

半次と音次郎は、西堀留川に架かっている中ノ橋の袂から見張っていた。

「今日は早仕舞いですかね……」

音次郎は眉をひそめた。

「きっとな。音次郎……」

半次は、天命堂紅の家を示した。

裏に続く路地から喜十が現れ、辺りに不審がないのを見定め、背後を振り向いた。

頭巾を被った女が現れ、喜十と西堀留川沿いを北に進んだ。

「頭巾の女、誰なんですかね……」

音次郎は眉をひそめた。

「占いに来た女客かな……」

半次は読んだ。

占いに来る女客の中には、素性を知られるのを嫌って頭巾を被る者もいる。

「かもしれませんね」

「よし。俺が追ってみる。此処を頼む」

「合点(がってん)です」

音次郎は頷いた。

半次は、喜十と頭巾を被った女を尾行(つけ)た。

喜十と頭巾を被った女は、西堀留川の角を東に曲がって浜町堀に向かった。

此のまま進めば浜町堀だ……。

半次は尾行た。

喜十と頭巾を被った女は、浜町堀に続く道を進んだ。

喜十と頭巾を被った女は、浜町堀に架かっている千鳥橋の袂に出た。

千鳥橋……。

半次は、喜十と頭巾を被った女を尾行た。

千鳥橋の袂に出た喜十と頭巾を被った女は、浜町堀の上流の方に曲がった。そして、千鳥橋の西詰の元浜町の外れにある店の暖簾を潜った。
半次は見届け、店の前に走った。
店には、船宿『浜清』の看板が掛かっていた。
船宿浜清……。
半次は、喜十と頭巾を被った女が船宿『浜清』に入ったのを見定めた。
喜十と頭巾を被った女は、船宿『浜清』で船を仕立てて何処かに行くのか……。
半次は見張った。

呉服屋『菱田屋』は、暖簾を微風に揺らしていた。
若旦那の幸助が現れ、足早に浮世小路に向かった。
やはり、動くか……。
半兵衛が斜向かいの路地から現れ、若旦那の幸助を追った。
さあて、何処に行くのか……。
半兵衛は、幸助を追った。

四半刻が過ぎた。

喜十と頭巾を被った女は、船宿『浜清』から動く事はなかった。

浜清とは、どのような船宿なのか……。

半次は、先ずは元浜町の自身番に走った。


羽織を着た若い男は、西堀留川沿いの道を足早にやって来た。

音次郎は、中ノ橋の袂から見守った。

羽織を着た若い男は、西堀留川に架かっている中ノ橋を渡り、占い師天命堂紅の家に向かった。

誰だ……。

音次郎は眉をひそめた。

「呉服屋菱田屋の若旦那だ……」

半兵衛が現れた。

「半兵衛の旦那……」

「殺されたおさよが片思いをしていた菱田屋の若旦那の幸助だよ……」

　半兵衛は苦笑し、天命堂紅の家の格子戸を叩いている羽織を着た若い男を眺めた。

「呉服屋菱田屋の幸助……」

　音次郎は、幸助を眺めた。

「桜屋のおさよは知らなかったが、天命堂紅は知っていたか……」

　半兵衛は苦笑した。

　幸助は、天命堂紅の家の格子戸を叩き続けた。

「天命堂紅と喜十、いないのか……」

　半兵衛は尋ねた。

「喜十は頭巾を被った女と出掛け、半次の親分が追いましてね。天命堂紅がいる筈なんですがね……」

　音次郎は首を捻った。

「頭巾を被った女か……」

　半兵衛は眉をひそめた。

　幸助は諦めた。

　天命堂紅の家には誰もいないと見定め、格子戸を叩くのを止めた。そして、不安気に天命堂紅の家を眺め、溜息を吐いて来た道を戻り始めた。

「追いますか……」

音次郎は、身を乗り出した。

「それには及ばぬ。きっと、菱田屋に帰るのだろう」

半兵衛は読んだ。

「はい……」

「それより、家に天命堂紅がいるのか、いないのかだ……」

半兵衛は、天命堂紅の家に向かった。

音次郎は追った。

音次郎は、天命堂紅の家の格子戸を叩いた。

だが、やはり誰の返事もなく、格子戸も心張棒を掛けられているのか開かなかった。

「よし、庭に廻ってみよう」

「はい……」

半兵衛は、音次郎を従えて庭に廻った。

庭に入った半兵衛と音次郎は、母屋の座敷や居間の雨戸が閉められているのに気が付いた。

「旦那……」

音次郎は眉をひそめた。

「うん。どうやら喜十と一緒に出掛けた頭巾を被った女ってのが、占い師の天命堂紅のようだな」

半兵衛は読んだ。

「はい。尼さんが粋な形をしやがって……」

音次郎は、騙されたのに腹を立てた。

「音次郎、粋な形の女が尼の姿をして占い師をしているのかもな……」

半兵衛は苦笑した。

「じゃあ天命堂紅、真っ当な占い師じゃあないのかもしれませんね」

音次郎は読んだ。

「うむ。もし、そうなら何者なのかな……」

半兵衛は眉をひそめた。

「旦那。おさよ、天命堂紅が本当は何者か知った為に殺されたんじゃあ……」

音次郎は、己の読みに緊張した。

「かもしれないね……」

半兵衛は、厳しく頷いた。

三

「千鳥橋の袂の船宿浜清ですか……」

浜町堀元浜町の自身番の店番は、町内名簿を手にして半次に訊き返した。

「ええ。旦那は何方で、どんな船宿なんですかね」

「浜清の旦那は清五郎さんって方で、一年程前ですか、潰れた船宿を居抜きで買い、浜清って名を付けましてね。余り繁盛しているようには見えないけど、結構上手くやっているようだね」

店番は感心した。

「馴染客でも多いんですかね」

半次は首を捻った。

「さあて、一年ぐらいで馴染客も多くはない筈だが、良く分からないな……」

店番は眉をひそめた。

「そうですか……」

半次は、店番に礼を述べて千鳥橋の袂にある船宿『浜清』に戻った。

喜十と頭巾を被った女は、未だいるのか……。

半次は、船宿『浜清』を窺った。

船宿『浜清』の店内は、訪れる客もいないのか静けさに満ちていた。

旦那の清五郎とは、どのような素性なのか……。

半次は気になった。

塗笠（ぬりがさ）を被った着流しの武士が、浜町堀の上流の方からやって来た。

半次は見守った。

着流しの武士は、船宿『浜清』の前の千鳥橋の袂に佇（たたず）んだ。そして、塗笠を僅かにあげて辺りを窺い、船宿『浜清』の暖簾を潜った。

半次は見送った。

着流しの武士は、喜十や頭巾を被った女に拘わりがあるのか……。

半次は、見張り続けた。

半兵衛は、天命堂紅の家のある小舟町の自身番を訪れた。

「天命堂紅、本名は何て云うのかな……」

半兵衛は、自身番の店番に尋ねた。

「はい。確か……」

店番は、町内名簿を見た。

「おきぬさんですね……」

「おきぬか……」

「はい。一年前に番頭の喜十さんと越して来て占い師を始めています」

店番は告げた。

天命堂紅は本名をおきぬと云い、一年前に番頭の喜十と小舟町に越して来て占い師を始めていた。

「おきぬ、どんな素性なのか分かるかな」

「さあ。良く分かりませんが、小舟町には下谷の両覚寺（りょうかくじ）の住職慶伯（けいはく）さまが請け人（うけにん）になって越して来ています」

店番は、名簿を見ながら告げた。

「下谷両覚寺の慶伯か……」

「左様にございます」

店番は、微かな怯えを過ぎらせた。

下谷両覚寺の住職の慶伯は、おそらく金で請け人を引き受ける坊主であり、おきぬの素性などは何も分かってはいないのだ。

請け人から素性は辿れない……。

店番はそうした事実を知っており、半兵衛に咎められるのを恐れて怯えを過ぎらせたのだ。

半兵衛は苦笑した。


夕暮れ時が近付いた。

喜十と頭巾を被った女が、漸く船宿『浜清』から出て来た。

やっと出て来た……。

半次は、微かな迷いを覚えた。

喜十と頭巾を被った女を追うか、それとも後から来た着流しの武士を尾行るか……。

半次は迷った。

喜十と頭巾を被った女は、来た道を小舟町に向かった。

迷いは短かった。

半次は睨み、着流しの武士が何処の誰か突き止める事にした。

喜十と頭巾を被った女は、小舟町の天命堂紅の家に戻る。

半次は、船宿『浜清』を見張り続けた。

喜十や頭巾を被った女と拘わりがあるかどうかは分からないが……。

塗笠を被った着流しの武士が、羽織を着た痩せた中年男と船宿『浜清』から出て来た。

羽織を着た痩せた中年男は、船宿『浜清』の主の清五郎だ。

半次は読んだ。

着流しの武士と清五郎は、喜十と頭巾を被った女が立ち去った方を眺めながら何事か言葉を交わした。

着流しの武士は、喜十や頭巾を被った女とやはり何か拘わりがある……。

半次の勘が囁いた。

着流しの武士は塗笠を目深(まぶか)に被り、浜町堀沿いの道を汐見橋に向かった。

来た道を戻る……。

半次は尾行た。

浜町堀には夕陽が映えた。

塗笠を被った着流しの武士は、浜町堀沿い道から玉池稲荷の傍を抜け、柳原通りに出た。

半次は十分な距離を取り、慎重に尾行た。

塗笠に着流しの武士は、柳原通りを横切って神田川に架かっている和泉橋に進んだ。

和泉橋を渡ると神田佐久間町二丁目に出て御徒町の組屋敷街に続く。

まさか……。

半次は眉をひそめた。

塗笠を被った着流しの武士は、和泉橋を渡って御徒町の組屋敷街に進んだ。

半次は尾行た。

塗笠を被った着流しの武士は、両側に組屋敷の連なる通りを北に進んだ。そして、庭に柿の古木のある組屋敷に近付いた。
組屋敷の木戸門の前では、中年の下男が掃除をしていた。
「あっ。お帰りなさいませ、旦那さま……」
下男は掃除の手を止め、塗笠を被った着流しの武士を迎えた。
「うん。今帰った……」
塗笠を被った着流しの武士は、木戸門を潜って柿の古木のある組屋敷に入って行った。
下男は続いた。
半次は見届けた。
塗笠を被った着流しの武士は、御徒町の組屋敷に住んでいる御家人だった。
半次は、自分の睨みが当たっていたのに微かに戸惑った。
何れにしろ名前だ……。
半次は、御家人の名を突き止める事にした。
日は暮れた。
天命堂紅の家には、日が暮れても明かりは灯されなかった。

「そして、小間物屋桜屋のおさよ殺しとどう結び付くのか……」

半兵衛は、囲炉裏で揺れる炎を見詰めた。

雑炊の鍋から湯気が昇った。

「只今戻りました……」

音次郎が勝手口から入って来た。

「おお、戻ったか。丁度、雑炊が出来たぞ」

半兵衛は笑った。

「ありがてえ……」

音次郎は、腹を押さえて喜んだ。

「音次郎、先ずは手と足を洗って来い」

半次は、苦笑しながら命じた。

「合点だ」

音次郎は、威勢良く井戸端に走った。

半兵衛と半次は苦笑した。

囲炉裏の火は、鍋底に揺れた。

占い師天命堂紅の家には、占いを願う者たちが訪れていた。

音次郎は、西堀留川に架かっている中ノ橋の袂から見張っていた。

塗笠を被った着流しの武士は、西堀留川沿いの道を来て天命堂紅の家を訪れた。

親分の云っていた御家人の真山弥一郎……。

音次郎は見定め、緊張を滲ませて見張った。

やがて、真山弥一郎が現れて浮世小路に向かった。

よし……。

音次郎は、真山弥一郎を尾行した。

呉服屋『菱田屋』は老舗大店らしく、大名旗本家御用達の金看板が何枚も掲げられていた。

真山弥一郎は、店先の掃除をしていた小僧に金を握らせ、結び文を渡した。

小僧は、渡された金と結び文を握り締めて裏から呉服屋『菱田屋』に戻って行った。

真山は、物陰に入った。

何かを待つのか……。
音次郎は、斜向かいの店の路地から呉服屋『菱田屋』と物陰にいる真山を見張った。
日本橋の通りに多くの人が行き交い、僅かな刻が過ぎた。
若旦那の幸助が、呉服屋『菱田屋』の裏手から出て来た。
真山が現れ、幸助に何事かを告げた。
若旦那の幸助は頷き、真山と共に通りを日本橋に向かった。
何処に行く……。
音次郎は追った。

日本橋は賑わっていた。
真山弥一郎と幸助は、日本橋の船着場に下りた。
船か……。
音次郎は焦った。
真山と幸助は、船着場に船縁を寄せていた屋根船に乗った。
拙い……。

真山と幸助は、屋根船の障子の内に入った。

船頭は屋根船を船着場から離し、日本橋川を下り始めた。

音次郎は、船着場に空いている船を探した。だが、空いている船はなく、真山と幸助の乗った屋根船は、日本橋川を下って行った。

「くそっ……」

音次郎は、船着場から駆け上がり、屋根船を追って日本橋川沿いを走った。だが、日本橋川を下る屋根船を走って追うのは、所詮(しょせん)は無理だ。

音次郎は、途中で追うのを諦め、乱れた息を懸命に整えた。

屋根船は、日本橋川を遠ざかって行った。

真山は、若旦那の幸助を何処に連れて行ったのか……。

音次郎は、見えなくなりつつある屋根船を必死に睨み付けた。

おそらく、真山は浜町堀の船宿『浜清』の旦那の清五郎と打ち合わせをし、屋根船を日本橋の船着場に仕度してあったのだ。

行き先は、西堀留川に架かる中ノ橋傍の占い師天命堂紅の家か、それとも浜町堀の船宿浜清……。

音次郎は読んだ。

天命堂紅の家は、船で行く程の距離ではない。
だったら、浜町堀の船宿浜清……。
音次郎は、浜町堀元浜町の船宿『浜清』に向かって猛然と走り出した。

浜町堀元浜町の船宿『浜清』に出入りする客は少なかった。
半次は、千鳥橋の袂から浜町堀越しに船宿『浜清』を見張った。
旦那の清五郎は、出掛ける事もなく帳場にいた。
暇な船宿だ。良く潰れずに暖簾を掲げているもんだ……。
半次は苦笑した。
船宿の浜清は、他にも何か商売をして金を稼いでいるのか……。
半次は、想いを巡らせた。
「親分……」
音次郎が駆け寄って来た。
「おう。どうした……」
半次は迎えた。
「真山弥一郎と思われる侍が菱田屋の若旦那の幸助さんを屋根船で何処かに連れ

て行ったんですが、此処に来ませんでしたか……」

「来ちゃあいないが、真山が若旦那の幸助さんを……」

半次は眉をひそめた。

「ええ。そうですか、此処には来ちゃあいませんか……」

音次郎は、悔し気に船宿『浜清』を睨み付けた。

「うん。で、音次郎、天命堂紅と喜十はどうした」

「家にいる筈ですが……」

「動くかもしれない。急げ……」

半次は、厳しい面持ちで命じた。

「合点です」

音次郎は、小舟町に猛然と走った。

半次は見送り、船宿『浜清』の帳場にいる清五郎を見張った。

音次郎は、小舟町の天命堂紅の家に戻った。

天命堂紅の家には、占いを願う客が訪れていた。

変わりはない……。

占いを願う客がいる限り、天命堂紅と喜十は家にいる筈だ。

音次郎は睨み、中ノ橋の袂からの見張りに就いた。

刻が過ぎた。

「どうだ。変わりはないか……」

半兵衛は、音次郎の許にやって来た。

「はい。二刻（四時間）程前、真山弥一郎が来たぐらいですか……」

音次郎は報せた。

「真山弥一郎が……」

半兵衛は眉をひそめた。

「はい。真山弥一郎、此処から呉服屋菱田屋に行き、若旦那の幸助を呼び出し、屋根船で何処かに向かいましてね。追い掛ける舟がなくて走って追ったんですが……」

音次郎は、悔しさを露わにした。

「見失ったか……」

「はい。で、船宿浜清に行ったかと思って元浜町に駆け付けたんですが……」

「違ったか……」

「はい。半次の親分が来ちゃあいないと……」

音次郎は項垂れた。

「よし。私が菱田屋に行って若旦那の幸助が帰って来たかどうか見て来るよ」

「旦那……」

「音次郎は引き続き天命堂紅と喜十をな……」

半兵衛は、天命堂紅の家を眺めた。

「はい……」

音次郎は頷いた。

半兵衛は、西堀留川沿いの道を浮世小路に向かった。

呉服屋『菱田屋』には、微かな緊張感が漂っていた。

「邪魔をするぞ……」

半兵衛は、店土間に入った。

「此はお役人さま……」

手代が、緊張した面持ちで迎えた。

「やあ。若旦那の幸助はいるか……」

半兵衛は尋ねた。

「あの、直ぐに旦那さまと番頭さんを呼んで参ります。どうぞ、どうぞ、お上がり下さい」

手代は、半兵衛を座敷に招いた。

幸助は帰って来ていない……。

半兵衛の勘が囁いた。

呉服屋『菱田屋』の微かな緊張は、若旦那の幸助が不意に出掛けて二刻が経っても戻らぬ事だ。

半兵衛は、そう読みながら通された奥座敷で茶を啜った。

初老の旦那と老番頭が現れた。

「北町奉行所の白縫半兵衛さま、手前は菱田屋主の幸右衛門にございます」

初老の旦那は、半兵衛に白髪交じりの頭を下げた。

「番頭の茂兵衛にございます」

老番頭の茂兵衛は、髪の薄い頭で続いた。

「うん、白縫半兵衛です。して、若旦那の幸助は出掛けたまま戻らぬか……」

「は、はい。白縫さま……」

幸右衛門は、半兵衛が幸助が出掛けたまま戻らないのを知っているのに戸惑った。

「幸右衛門、幸助はどうやら真山と云う武士に何処かに連れ去られたようだな」

半兵衛は告げた。

「真山……」

「連れ去られた……」

幸右衛門と茂兵衛は眉をひそめた。

「うむ。おそらく勾引(かどわか)しだ……」

半兵衛は茶を啜った。

「勾引し……」

幸右衛門と茂兵衛は驚いた。

「うむ。若旦那の幸助、どうやら身代金(みのしろきん)が目当てで勾引されたようだな」

半兵衛は読んだ。

四

呉服屋『菱田屋』の若旦那の幸助は、御家人の真山弥一郎と出掛けたまま刻が過ぎても帰らなかった。

半兵衛は、半次を伴って御徒町の真山弥一郎の組屋敷に向かった。

「此処です……」

半次は、柿の古木のある組屋敷を示した。

「よし……」

半兵衛は、半次を従えて木戸門を潜って屋敷に入った。

「御免。真山弥一郎どのは御在宅かな……」

半兵衛は、玄関先から屋敷内に声を掛けた。

半次は、素早く庭先に廻った。

「はい。只今……」

中年の下男が現れ、巻羽織の半兵衛を見て微かな戸惑いを過ぎらせた。

「私は北町奉行所の者だが、真山弥一郎どのは御在宅かな……」

「は、はい。主は今、他出しており、留守にございますが……」

「どちらにお出掛けかな……」

「さあ。存じません……」

「ならば、いつ戻られるのかな……」

「申し訳ありません。それも……」

中年の下男は、申し訳なさそうに頭を下げた。

「そうか。何処に出掛け、いつ戻るかも分からないか……」

半兵衛は、念を押した。

「は、はい……」

中年の下男は頷いた。

「よし。邪魔をしたな……」

半兵衛は、玄関を出て木戸門に戻った。

「御苦労さまにございます」

中年の下男は見送り、微かな安堵を過ぎらせて屋敷の奥に戻った。

半次は、庭の植込みの陰から居間や座敷を窺った。

居間や座敷には、真山弥一郎や若旦那の幸助はおろか誰もいなかった。

中年の下男は、居間や座敷に入る事もなく台所に向かって行った。

半次は、屋敷内の気配を探った。

中年の下男や真山などの話し声は、何も聞こえなかった。

下男の他に誰もいない……。

半次は見定め、植込みの陰から離れた。


「どうだった……」

「庭先から屋敷内を窺いましたが、居間や座敷に真山や幸助はいなく、隠れている気配もありませんでした……」

半次は報せた。

「そうか。真山弥一郎、幸助を何処に連れ去ったのか……」

半兵衛は眉をひそめた。

「旦那、今度の幸助の行方知れず、小間物屋桜屋のおさよ殺しと拘わりあるんですかね」

半次は眉をひそめた。

「ああ。詳しくは未だ分からないが、拘わりがあるのは間違いあるまい……」

半兵衛は睨んだ。

御徒町は夕暮れに覆（おお）われ、連なる組屋敷は明かりを灯し始めた。


夜半が過ぎても、呉服屋『菱田屋』に若旦那幸助の身代金の要求はなかった。

旦那の幸右衛門と番頭の茂兵衛たちは、落ち着かない夜を過ごしていた。

音次郎は天命堂紅と喜十を見張り、半次は船宿『浜清』主の清五郎に張り付いた。

天命堂紅と喜十、清五郎に動きはなかった。


「昨夜、幸助は帰らず、脅（おど）し文（ぶみ）も来なかったか……」

半兵衛は、巻羽織を脱いで呉服屋『菱田屋』を訪れていた。

「はい。それにしても白縫さま、幸助を無事に返して欲しければ金を出せと云う脅し文が来ないのは……」

幸右衛門は、不安を露わにした。

「分からないのはそこだが……」

半兵衛は眉をひそめた。

「金より幸助の命が欲しいのでしょうか……」

幸右衛門は、厳しい読みを見せた。

「いや。それはあるまい……」

半兵衛は、天命堂紅と番頭の喜十、船宿主の清五郎と御家人の真山弥一郎が、金より幸助の命が欲しくてやったとは、とても思えなかった。

「ならば、どうして……」

幸右衛門は、焦りと苛立ちを滲ませた。

「旦那さま、白縫さま……」

老番頭の茂兵衛がやって来た。

「どうしました……」

「はい。只今、小舟町の占い師天命堂紅さまの番頭の喜十さんが、若旦那さまの事でお話があると、お見えにございます」

茂兵衛は報せた。

「幸助の事で……」

幸右衛門は、戸惑いを浮かべた。

「喜十が来たか……」

半兵衛は薄く笑った。

店には商談用の小座敷が幾つか並んでおり、半兵衛は茂兵衛に誘われてその一つに入って隣室を窺った。

隣室では、天命堂紅の番頭の喜十が出された茶を啜っていた。

「お待たせ致しました。主の幸右衛門です」

幸右衛門が隣の小座敷に入って来た。

半兵衛は、隣の小座敷の幸右衛門と喜十の話に聞き耳を立てた。

「幸右衛門さまにございますか。私は占い師の天命堂紅の番頭喜十にございます。若旦那の幸助さまには御贔屓頂いております」

喜十は、幸右衛門に挨拶をした。

「ほう。幸助が贔屓に……」

「はい……」

「左様ですか。で、御用とは……」

幸右衛門は促した。

「はい。此処だけの話にございますが、主の天命堂紅の占いに若旦那幸助さまの身に禍が起こると出まして……」

喜十は、心配そうな眼を向けた。

「幸助の身に禍が……」

幸右衛門は眉をひそめた。

「はい。で、紅さまが心配されまして。若旦那さまは御無事で……」

「それが、行方知れずになりまして……」

幸右衛門は苦し気に告げた。

「やはり、行方知れず……」

喜十は頷いた。

「やはりとは……」

「紅さまの占いでは、若旦那さまの禍は、勾引しと出たそうにございます」

喜十は、緊張した面持ちで告げた。

「勾引し。それは本当ですか……」

幸右衛門は、身を乗り出した。

「はい。で、紅さまは、呉々もお上には報せぬようにと。報せれば、若旦那さまの命は……」

　喜十は、怯えを滲ませた。

「分かりました。お上には報せません」

「それが宜しいかと……」

「では、幸助は今、何処に……」

「さあ。紅さま、そこ迄は未だ占ってはいないようでして……」

　喜十は首を捻った。

「占って下さい。倅幸助の行方、天命堂紅さまに占って貰って下さい……」

　幸右衛門は頼んだ。

「は、はい。占っては頂けるでしょうが、何しろ人の命の掛かった厳しい占い。見料と礼金はかなりの金額になりますが……」

　喜十は、幸右衛門に探る眼を向けた。

　成る程、そう云う絡繰りか……。

　半兵衛は、隣の小座敷の幸右衛門と喜十の話を聞いて苦笑した。

　幸助の身代金ではなく、占いの見料と礼金を要求するか……。

半兵衛は、幸助の身代金の要求がない理由を知った。

「金は幾ら掛かっても構いません。どうか、天命堂紅さまに、幸助が何処にいるのか占って頂きたいと、お伝え下さい」

幸右衛門は、頭を下げて頼んだ。

「分かりました。旦那さまのお言葉を紅さまにお伝えし、お願いしてみましょう」

喜十は頷いた。

「喜十さん、何分にも幸助の命に拘わる話、宜しくお願いします」

「はい。では、戻りまして、紅さまに……」

喜十は頷き、小舟町の天命堂紅の家に帰って行った。

幸右衛門は喜十を見送り、小さな吐息を洩らした。

「やあ。御苦労でしたね。話は聞かせて貰いましたよ」

半兵衛は、襖(ふすま)を開けて幸右衛門のいる小座敷に入った。

「白縫さま……」

「うん。受け取りが難しく、勾引しの証拠になる身代金より、占いの見料礼金として貰えば何の罪咎にもならないか……」
半兵衛は、喜十たちの狡猾さに苦笑した。
「えっ。白縫さま……」
幸右衛門は眉をひそめた。
「うん。幸右衛門、幸助勾引しの一件……」
半兵衛は、幸右衛門に己の読みを聞かせ始めた。
喜十は、小舟町の占い師天命堂紅の家に戻った。
音次郎は見届けた。
喜十が呉服屋『菱田屋』を訪れた時、おそらく店には半兵衛の旦那がいた筈だ。
半兵衛の旦那は、喜十の用件を幸右衛門から聞いた……。
音次郎は読んだ。
僅かな刻が過ぎた。
天命堂紅の家から喜十が現れ、浜町堀の方に向かった。
よし……。

音次郎は、喜十を追った。
喜十は、浜町堀に急いだ。
呉服屋菱田屋の次は、船宿の浜清か……。
音次郎は読み、足早に行く喜十の後を尾行た。

浜町堀元浜町の船宿『浜清』は、微かな風に暖簾を揺らしていた。
半次は、千鳥橋の袂から見張った。
喜十が、足早にやって来た。
喜十……。
半次は見守った。
喜十は、船宿『浜清』に素早く入った。
半次は見届けた。
音次郎が追って現れ、千鳥橋の袂にいる半次に駆け寄った。
「親分……」
「喜十、清五郎に何の用かな……」
半次は、船宿『浜清』を見詰めた。

「喜十の奴、此処に来る前に呉服屋の菱田屋に行き、幸右衛門旦那に逢ったようでしてね」

「菱田屋の幸右衛門旦那に……」

半次は眉をひそめた。

「はい……」

僅かな刻が過ぎ、喜十が出て来た。

半次と音次郎は見守った。

喜十は、来た道を足早に戻り始めた。

「音次郎……」

「はい。じゃあ、御免なすって……」

音次郎は、喜十の後を追った。

半次は見送り、清五郎が動くと睨んだ。

船宿『浜清』から清五郎が出て来た。

睨み通りだ……。

半次は苦笑した。

清五郎は、千鳥橋の船着場に下り、舫(もや)ってあった猪牙舟(ちょきぶね)に乗って大川に向かった。

半次は、千鳥橋の船着場に駆け下りた。

「待たせたな。今の猪牙を追ってくれ」

半次は、船頭の勇次に声を掛けて猪牙舟に飛び乗った。

「合点です……」

勇次は、半次を乗せた猪牙舟を巧みに操り、清五郎の猪牙舟を追った。

半次は、幸助が屋根船で連れ去られ、船宿『浜清』の清五郎が絡んでいる事から、岡っ引の柳橋の弥平次親分の手先で船頭の勇次と猪牙舟を借りて見張っていた。

清五郎の猪牙舟は、大川の三ツ俣に出て新大橋に向かった。

勇次の猪牙舟は、半次を乗せて追った。

新大橋を潜った清五郎の猪牙舟は、そのまま両国橋に向かった。

喜十は、天命堂紅の家に戻った。

音次郎は見届けた。

次はどう動く……。

音次郎は、見張りに就いた。

陽は西に大きく傾いた。


大川には様々な船が行き交っていた。

船宿『浜清』の清五郎の猪牙舟は、吾妻橋(あづまばし)を潜って隅田川(すみだがわ)に進んだ。

向島(むこうじま)か……。

半次は読み、清五郎の猪牙舟を追った。

隅田川は緩やかな流れであり、やがて向島の土手道が見えて来た。

清五郎の猪牙舟は、隅田川の東岸沿いを向島に進んだ。

半次は追った。

清五郎の猪牙舟は、浅草橋場町(はしばちょう)と結ぶ渡し場を進み、水神(すいじん)脇の船着場に船縁を寄せた。

「水神の船着場ですか……」

勇次は読んだ。

「急いでくれ……」

半次は告げた。

「合点です……」

勇次は、猪牙舟の船足を上げた。

清五郎は猪牙舟から下り、水神の船着場から土手道に向かっていた。

勇次の猪牙舟が水神の船着場に近付いた時、半次は草むらに跳び下りた。そして、土手道に続く斜面の小径を駆け上がった。


半次は、水神からの小径と北の木母寺の間にある垣根に囲まれた家に入る清五郎を辛うじて見届けた。

垣根に囲まれた家は静寂に覆われていた。

どう云う家なのだ……。

そして、誰がいるのだ……。

半次は、垣根に囲まれた家を窺った。

「半次の親分……」

勇次が、船着場からやって来た。

隅田川の流れは煌めいた。

小舟町の占い師天命堂紅の家には、占いを願う町娘たちが訪れていた。

音次郎は見張り続けた。

半兵衛が、呉服屋『菱田屋』番頭の茂兵衛と天命堂紅の家にやって来た。

「半兵衛の旦那……」

音次郎は駆け寄った。

「おう、音次郎、番頭さんのお供をしな」

半兵衛は、笑顔で命じた。

番頭の茂兵衛と手代に扮した音次郎は、小部屋で喜十と向かい合った。

「それで番頭さん、御用とは……」

喜十は、茂兵衛に狡猾な眼を向けた。

「他でもありません。若旦那幸助さまの居場所の占い。見料二百両で如何でしょうか……」

茂兵衛は告げた。

「見料二百両……」

喜十は、腹の内で笑った。

「はい。老舗呉服屋菱田屋の跡取りの若旦那さまを捜すのに金を惜しんではいられません」

茂兵衛は告げた。

「左様ですか。ならば、若旦那の幸助さま捜しの占い、二百両でお引き受け致します」

喜十は頷いた。

「何分にも宜しくお願いします。幸助さまが御無事にお戻りになれば、旦那さまは見料の他に二百両の礼金を渡すと……」

「見料二百両の他に礼金二百両……」

喜十は、突き上がる喜びを懸命に抑えた。

「はい。で、占いの結果はいつ……」

「明日の朝……」

喜十は、喉を鳴らして頷いた。

「ならば、見料と礼金、〆て四百両はその時に……」

茂兵衛は、喜十を見詰めて告げた。

音次郎は、茂兵衛と喜十の遣(や)り取(と)りを見届けた。

半兵衛は、西堀留川に架かっている中ノ橋の袂から天命堂紅の家を眺めていた。

猪牙舟が櫓(ろ)の軋(きし)みを響かせ、西堀留川をやって来た。

半兵衛は、やって来た猪牙舟の船頭が柳橋の弥平次配下の勇次だと気が付いた。

隅田川は夕陽に煌めいた。

猪牙舟が水神の船着場に着き、半兵衛が下りて船頭の勇次が続いた。

「こっちです……」

勇次は、半兵衛を土手の小径に誘った。

垣根に囲まれた家に明かりが灯された。

半次は、木陰から見張っていた。

「半次の親分……」

勇次が、半兵衛を誘って来た。

「半兵衛の旦那……」

半次は迎えた。

「若旦那の幸助、いたようだな」

半兵衛は、垣根に囲まれた家を眺めた。

「はい。御家人の真山弥一郎に此処に閉じ込められていましたよ」

半次は告げた。

「真山弥一郎か……」

「はい。それに船宿浜清の清五郎……」

「よし。踏み込んで真山と清五郎を叩きのめして幸助を助け出すよ」

半兵衛は笑った。

暗い座敷の襖が開き、差し込んだ明かりが縛られて猿轡を嚙まされて倒れている幸助を照らした。

襖が閉められ、幸助のいる座敷は闇に沈んだ。

幸助は微かに呻いた。

「ふん。世間知らずが尼僧姿の紅に一度抱かれて夢中になったのが運の尽き……」

真山弥一郎は、嘲りを浮かべた。

「紅さま命。云いなりですよ」

「で、酒浸しにして土手の草むらに放り出しておくか……」

「ええ。天命堂紅さまの御託宣の通りにね」

清五郎は、狡猾に告げて酒を飲んだ。

「そして、べら棒な見料と礼金を受け取るか。ま、多少分け前は少なくても、身代金受け渡しの危ない橋を渡らずに済むのが何よりだ」

真山は酒を飲んだ。

「ええ。それにしても、此の企て、幸助に片思いしていた小間物屋の娘に知られた時は慌てたよ」

「喜十、相変わらず情け容赦のない奴だな」

「そいつはお互い様……」

「まあな……」

真山と清五郎は、笑いながら酒を飲んだ。

「ならば、おさよ殺しと幸助の勾引しの裁きを受けて貰うよ……」

半兵衛が、廊下から現れた。

「誰だ……」

真山は、慌てて刀に手を伸ばした。

半兵衛は、抜き打ちの一刀を放った。

閃光が走り、血が飛んだ。

真山は、刀に伸ばした手を斬られて蹲った。

清五郎が庭に逃げようとした。

半次が雨戸を蹴破って庭先から現れ、清五郎を殴り倒した。

勇次が倒れた清五郎を蹴飛ばし、捕り縄を打った。

半兵衛は、隣室の襖を開けた。

差し込んだ明かりが、縛られ猿轡を嚙まされて呻く幸助を照らした。

半兵衛は苦笑した。

翌朝。

占い師天命堂紅は、番頭の喜十を従えて呉服屋『菱田屋』を訪れた。

番頭の茂兵衛は、天命堂紅と喜十を座敷に通した。

「天命堂紅さま、若旦那の幸助さま、占いでは何処にいると……」

茂兵衛は尋ねた。

「番頭さん。その前に見料と礼金を……」

喜十は、狡猾な笑みを浮かべた。

「喜十さん、そいつは占いが当たったらの事にございます」

「番頭さん……」

喜十は、暗い眼をした。

「紅さま、今、幸助さまは何処に……」

「幸助さんは、向島の土手の茂みに……」

紅は、厳(おごそ)かに告げた。

「そいつは大外れだ……」

半兵衛が現れた。

「えっ……」

天命堂紅と喜十は驚き、怯んだ。

「幸助は昨夜の内に菱田屋に戻ったよ」

半兵衛は、笑い掛けた。

半次が、旦那の幸右衛門と幸助を伴って現れた。

天命堂紅と喜十は、幸助を見て激しく狼狽えた。

「天命堂紅こときぬ、番頭喜十。真山弥一郎と船宿浜清の清五郎が何もかも白状したよ」

「そ、そんな……」

「幸助を勾引し、身代金を占いの莫大な見料礼金として騙し取る企て、既に露見した。神妙にするんだね」

半兵衛は告げた。

音次郎と勇次が現れ、天命堂紅と喜十に捕り縄を打った。

「それから喜十、お前には小間物屋桜屋の娘おさよ殺しの罪も償って貰うよ」

半兵衛は、喜十を厳しく見据えた。

喜十は項垂れた。

「天命堂紅、己の行く末、占いで分からなかったのかな」

「旦那、そろそろ潮時ですよ……」

天命堂紅は微笑んだ。

「そうか。そいつは良い覚悟だ……」

半兵衛は笑った。


北町奉行所吟味方与力の大久保忠左衛門は、天命堂紅ことぎぬ、喜十、清五郎を死罪に処し、評定所は御家人真山弥一郎を斬首にした。

「それにしても小間物屋桜屋のおさよ、幸助に片思いをして勾引しに巻き込まれ、気の毒でしたね」

半次と音次郎は、おさよを悼んだ。

「うむ。ま、此以上、世間の好奇の眼に晒さず、静かに菩提を弔うのが一番だ……」

世の中には、町奉行所の役人が知らぬ顔をした方が良い事もある。

おさよの為に……。

第三話　守り神

一

神田八ツ小路は八つの道筋に繋がり、行き交う人で賑わっていた。

北町奉行所臨時廻り同心の白縫半兵衛は、岡っ引の本湊の半次と下っ引の音次郎を従えて神田八ツ小路を昌平橋に向かっていた。

「無礼者……」

若い男の怒声があがり、行き交う人々は驚いて立ち止まった。

「旦那……」

「うん……」

半兵衛は、昌平橋の袂に出来始めた人垣を見詰めた。

「そこに直れ、手討ちにしてくれる……」

若い武士は、野菜売りの百姓に怒鳴った。

「お許しを。どうかお許しを……」

野菜売りの百姓は、若い武士に土下座して必死に詫びた。

「黙れ。武士の面体に泥を浴びせるとは許せぬ所業だ。そこに直れ……」

若い武士は熱り立った。

取り巻きの二人の若い武士は、薄笑いを浮かべて囃し立てた。

神田八ツ小路を行き交う人々は、昌平橋の袂で野菜売りの百姓を怒鳴っている若い武士に眉をひそめ、立ち止まって見守っていた。

「お待ち下さい……」

初老の浪人が、野菜売りの百姓の前に進み出た。

「私が見ていた限りでは、此の百姓は野菜の泥を落としていただけ。その泥が運悪くおぬしの顔に飛び散ったもので、百姓がわざとやったことではない。どうか、許してやるのですな……」

初老の浪人は百姓を庇い、静かに告げて若い武士を鋭く見据えた。

若い武士は、思わず怯んだ。

「どうした……」

「大丈夫か、京弥どの……」

取り巻きの二人の若い武士は、戸惑った。

「だ、大丈夫だ。おのれ、浪人の分際で邪魔をする気か……」

京弥と呼ばれた若い武士は苛立った。

「邪魔とは滅相もない。私は愚かな真似は止めた方が良いと……」

初老の浪人は、若い武士に告げた。

「そうだ、そうだ。偉そうに……」

「泥が飛んだくらいで何だ。泥より汚ねえ真似をしている癖に……」

見ていた人々は、騒めき始めた。

「京弥どの、此迄だ……」

「うむ。行こう、京弥どの……」

取り巻きの二人の若い武士は慌てた。

「う、うむ……」

京弥と呼ばれた若い武士は、不服気に昌平橋を渡った。

二人の若い武士は続いた。

「半次、音次郎……」

半兵衛は、京弥と二人の若い武士を示した。

「追いますか……」

半次は、半兵衛の腹の内を読んだ。

「ああ。京弥たちの素性(すじょう)、突き止めてくれ」

半兵衛は命じた。

「はい。じゃあ……」

半次と音次郎は、京弥と二人の若い武士を追った。

見守っていた人々は立ち去り、昌平橋の袂には初老の浪人と野菜売りの百姓が残った。

「ありがとうございました……」

百姓は、初老の浪人に礼を述べた。

「いや、礼には及ばぬ。怪我がなくて何よりだ。ではな……」

初老の浪人は笑い、昌平橋に向かった。

半兵衛は、充分な距離を取って初老の浪人に続いた。

神田明神の境内は、参拝客で賑わっていた。

京弥と二人の若い武士は、本殿に参拝する訳でもなく境内を彷徨き、行き交う参拝客を眺めた。

「何してんですかね」

音次郎は、戸惑いを浮かべた。

「うん。鴨でも捜しているようだな」

半次は眉をひそめた。

京弥と二人の若い武士は、何事か言葉を交わして鳥居に向かった。

「何処かに行きますぜ」

「追うぜ」

半次と音次郎は、神田明神を出る京弥と二人の若い武士を追った。

京弥と二人の若い武士は、神田明神から明神下の通りに出て不忍池の方に進んだ。

半次と音次郎は追った。

初老の浪人が現れ、京弥たちを追う半次と音次郎に気が付き、眉をひそめた。

そして、半次と音次郎に続いた。

尾行始めた……。

初老の浪人は、半次と音次郎を尾行始めたのだ……。

半兵衛は戸惑った。

初老の浪人に半次と音次郎を尾行る理由はない……。

ならば、初老の浪人の尾行る相手は、半次たちではなく京弥たちなのか……。

半兵衛は読んだ。

初老の浪人は、京弥たちを尾行ていたのだが、途中から半次と音次郎が割り込み、追う恰好になった。

半兵衛は睨んだ。

何故、京弥たちを追うのだ……。

半兵衛は追った。

京弥と二人の若い武士は、明神下の通りから妻恋坂に曲がり、湯島天神に向かった。

半次と音次郎は追った。
初老の浪人が尾行て、半兵衛が続いた。

湯島天神は賑わっていた。
京弥と二人の若い武士は、境内の隅の茶店の縁台に腰掛けて茶を頼んだ。
半次と音次郎は、石燈籠の陰から茶店の京弥たちを見守った。
京弥たちは、運ばれた茶を啜りながら行き交う参拝客を眺めた。
お店の旦那風の男が、粋な形の年増と参拝を終えて東の鳥居に向かった。
京弥たちは嘲笑を浮かべ、旦那風の男と粋な形の年増を追った。
「親分……」
音次郎は緊張した。
「ああ。何かする気だ……」
半次は睨み、京弥たちを追おうとした。
刹那、小石が飛来して石燈籠に当たり、跳ね飛んだ。
半次と音次郎は怯んだ。
半兵衛が現れ、半次と音次郎を庇うように身構えた。

「旦那……」

「追え……」

半兵衛は命じた。

「はい」

半次と音次郎は、京弥たちを追った。

半兵衛は身構え、小石の飛んで来た方を見据えた。

初老の浪人が木陰から現れた。

「やはり岡っ引か……」

初老の浪人が、木陰から現れた。

「何故、邪魔をする……」

半兵衛は見据えた。

「尾行ているかどうか確かめただけだ……」

初老の浪人は、苦し気に顔を歪(ゆが)めた。

「おぬし、名は……」

「名乗る程の者ではない……」

初老の浪人は、半兵衛に会釈(えしゃく)をして湯島天神の大鳥居に向かった。

半兵衛は追った。

湯島天神の東の鳥居を出ると男坂と女坂があり、近くの切通しには古い曖昧宿があった。

旦那風の男と粋な形の年増は、古い曖昧宿に向かった。

「待て……」

京弥と二人の若い武士が呼び止め、素早く取り囲んだ。

旦那風の男と年増は、立ち竦んだ。

「昼日中から乳繰り合うとは、羨ましいものだ。俺たちにも楽しみの御裾分けを頂きたいものだな」

京弥は脅した。

「は、はい。これで、どうかお見逃しを……」

旦那風の男は、一両小判を取り出して京弥に素早く握らせた。

「此奴は話が速い。ま、せいぜい楽しむのだな。邪魔をしたな」

京弥は嘲笑を浮かべ、小判を握り締めて立ち去った。

二人の若い武士は続いた。

旦那風の男と年増は、慌てて古い曖昧宿に入った。

「親分、強請集りですぜ」

音次郎は、腹立たしく告げた。

「ああ。追うよ」

半次は、京弥と二人の若い武士を追った。

音次郎は続いた。


入谷鬼子母神の境内には、幼い子供たちの笑い声が響いていた。

初老の浪人は、鬼子母神の前を通り、古寺『妙音寺』の山門を潜った。

「こりゃあ、左内さん、お帰りなさい……」

寺男が、境内の掃除の手を止めて迎えた。

「やあ、伝吉。今戻った……」

左内と呼ばれた初老の浪人は、寺男の伝吉に笑い掛けて本堂裏の家作に向かった。

半兵衛は、山門の陰から見届けた。

湯島天神門前町の盛り場には、昼間から酒を飲ませる飲み屋が何軒かある。

京弥と二人の若い武士は、その一軒に入った。

「彼奴ら、強請り取った金で昼間から酒盛りですぜ」

音次郎は、腹立たし気に京弥たちの入った飲み屋を見詰めた。

「ああ。若い癖に人を嘗めた真似をしやがって。叩けば埃が舞い上がるんだろうな」

半次は、冷ややかな笑みを浮かべた。

飲み屋からは、酔客や酌婦たちの笑い声や嬌声が洩れて来た。

火の灯された行燈は、微かな唸りを鳴らしていた。

「して、京弥たち三人の名と素性は突き止めたのか……」

半兵衛は尋ねた。

「はい。京弥とは篠崎京弥、駿河台は太田姫稲荷前に屋敷を構えている千石取りの篠崎京太夫さまの倅でした」

半次は報せた。

「篠崎京弥、千石取りの旗本の倅か……」

「はい。で、二人の取り巻きは本郷御弓町の岸田竜之助、下谷練塀小路の森喜一郎、二人共御家人の倅です」

「岸田竜之助と森喜一郎、御家人の倅か……」

「はい。あれから女遊びをするお店の旦那風の男に強請を掛け、脅し取った金で昼間から酒盛りです」

半次は苦笑した。

「彼奴ら、他にもいろいろ悪い事をしている陸でなしですよ」

音次郎は吐き棄てた。

「うむ……」

半兵衛は頷いた。

「で、旦那。あっしたちに石を投げつけ、京弥たちを追う邪魔をしようとしたのは……」

半次は眉をひそめた。

「そいつが、昌平橋の袂で野菜売りの百姓を助けた浪人だったよ」

「えっ。あの浪人さんが……」

半次と音次郎は、戸惑いを浮かべた。

「ああ。京弥たちを諫めたり、助けようとしたり……」

半兵衛は苦笑した。

「何者ですかね……」

「うん。気になったので、ちょいと尾行たのだが、名前は神尾左内、入谷妙音寺の家作に住んでいる浪人だった」

半兵衛は告げた。

「神尾左内さんですか……」

「うん……」

「篠崎京弥たちと拘わりがあるんですかね」

音次郎は眉をひそめた。

「石を投げて、京弥たちを尾行ようとした俺たちの邪魔をしたんだ。拘わりがあるのは間違いないさ」

半次は読んだ。

「じゃあ、京弥たちの味方ですかね」

音次郎は睨んだ。

「うん。だけど、野菜売りの百姓に対する京弥たちの嫌がらせの邪魔をした……」

半次は首を捻った。

「嫌がらせの邪魔をし、尾行から助けようとした。分からないのはその辺りだね」

半兵衛は眉をひそめた。

行燈の唸りは次第に大きくなり、炎が瞬き始めた。

油が切れ掛かった。

二

半兵衛は、篠崎京弥と取り巻きの岸田竜之助、森喜一郎を暫く見張る事にした。

京弥と取り巻きの岸田と森は、神田明神や湯島天神、下谷広小路などの盛り場で強請集りや無銭飲食などを働いているのだ。

京弥、岸田、森は、旗本御家人の倅であり、町奉行所の支配違いで手出しは出来ない。だが、町方の者が目に余る被害に遭った時は、半兵衛はあらゆる手立てを使って容赦なく断罪してきた。

半兵衛は、半次と音次郎を京弥たちに張り付かせた。

京弥は、岸田や森と盛り場で若い旗本御家人の子弟や勤番侍などに強請集りを働き、遊ぶ金を稼いでいた。


神田明神の境内は賑わっていた。

半次と音次郎は、篠崎京弥、岸田竜之助、森喜一郎を見張った。

京弥、岸田、森の前に地廻りの三下が現れ、一方に誘った。

京弥、岸田、森は、嘲笑を浮かべて地廻りの三下の誘いに乗り、神田明神の裏に廻った。

神田明神の裏には、二人の地廻りと二人の浪人がいた。

京弥、岸田、森は怯んだ。

「何か用か……」

京弥は、声を震わせた。

「縄張り内で好き勝手な真似をさせておけなくてね……」

地廻りの用心棒の浪人二人は、京弥に笑い掛けた。

「我らが何をしようが、お前たちには拘わりはない……」

京弥は云い放った。

「何だと……」

二人の浪人は、笑みを消した。

「ではな……」

京弥、岸田、森は立ち去ろうとした。

「おのれ……」

用人棒の浪人たちは、京弥、岸田、森を殴り、蹴り飛ばした。

京弥、岸田、森は、悲鳴を上げて無様に倒れ込んだ。

地廻りたちと三下は、京弥、岸田、森に罵声を浴びせながら蹴飛ばした。

京弥、岸田、森は、頭を抱えて蹲った。

「良い様ですぜ、親分……」

音次郎は笑った。

「音次郎……」

半次は、初老の浪人神尾左内が塗笠を目深に被って来たのを示した。

「親分……」

音次郎は眉をひそめた。

「神尾左内だ……」

半次は、塗笠を目深に被った神尾左内を見詰めた。

塗笠を目深に被った神尾左内は、京弥、岸田、森を甚振(いたぶ)る地廻りたちに襲い掛かり、蹴り倒し、投げ飛ばした。

「何をしやがる……」

地廻りたちは、熱り立って左内に迫った。

京弥、岸田、森は、振り向きもせずに逃げた。

「音次郎……」

半次は、追うように促(うなが)した。

「合点(がってん)です」

音次郎は、逃げる京弥、岸田、森を追った。

左内は、逃げた京弥たちに苦笑した。

地廻りと用心棒の浪人たちが、左内に襲い掛かった。

左内は、歳の割りには腕が立ち、地廻りと用心棒の浪人たちを打ちのめした。

半次は追った。

左内は、倒れている地廻りと用心棒の浪人たちを一瞥して立ち去った。

半次は、左内の腕に感心した。

此は此は……。

「それで、京弥たちはそれぞれの屋敷に戻り、神尾左内は入谷の妙音寺に戻ったか……」

半兵衛は念を押した。

「はい……」

半次と音次郎は頷いた。

「そうか。神尾左内、まるで京弥たちの守り神だな」

半兵衛は苦笑した。

「ええ。あっしたちに石を投げて尾行の邪魔をし、地廻りや用心棒から助けて、本当に守り神ですよ」

半次は、困惑を過ぎらせた。

「野菜売りのお百姓を助けた人とは思えませんね」

音次郎は首を捻った。

「ああ……」

半次は頷いた。

「半次、音次郎。ひょっとしたらあの時、神尾左内、我らがいるのに気が付き、先手を打って百姓を助けたのかもしれないな」

半兵衛は読んだ。

「旦那に咎められ、お目付や評定所に訴えられるのを恐れましたか……」

半次は読んだ。

「うむ。何れにしろ、浪人の神尾左内は篠崎京弥、岸田竜之助、森喜一郎たちを守っているか……」

「ええ。どうしてかは分かりませんがね」

半次は眉をひそめた。

「あんな奴らを守るなんて、父親の旗本に金で飼われているんですかね」

音次郎は読んだ。

「いや。そんな男には見えないがね……」

半兵衛は苦笑した。

「じゃあ、何で……」

音次郎は戸惑った。

「気になるか……」

「はい……」

音次郎は頷いた。

「よし、半次、音次郎。浪人の神尾左内、誰の守り神で何故の所業か探ってみるよ」

半兵衛は決めた。


入谷妙音寺の境内には、住職の読む経(きょう)が本堂から朗々(ろうろう)と響いていた。

半兵衛は、山門から妙音寺を窺(うかが)った。

妙音寺の境内では、寺男の伝吉が掃除や庭木の手入れをしていた。

半兵衛は見定め、土塀脇の路地伝いに裏手に廻った。

裏門の傍には半次と音次郎がいた。

「どうだ……」

半兵衛が路地からやって来た。

「洗濯物を干しています」

半次は、本堂裏の狭い庭を示した。

半兵衛は、狭い庭を眺めた。

狭い庭では、神尾左内が洗った襦袢や下帯を干していた。

「で、どうでした……」

半次は訊いた。

「うん。自身番で聞いたんだが、妙音寺の住職は了海、寺男は伝吉。中々評判の良い寺でね。木戸番の話じゃあ、神尾左内は十年ぐらい前から家作に住んでおり、爪楊枝や弥次郎兵衛、風車などの子供の玩具作りで暮らしを立てているそうだ」

半兵衛は、自身番や木戸番で聞いて来た事を話し始めた。

「で、どんな素性なのですかね」

半次は尋ねた。

「そいつなんだがね。元は旗本家の家来だったが、暇を取って浪人し、旅に出て諸国を巡って来たらしい……」

「浪人して旅に出たのは、どうしてなんですかね」

半次は眉をひそめた。

「さあて、そいつは未だだ……」

「じゃあ、奉公していた旗本家は……」

「うん。駿河台は小川町の岡部と云う旗本らしいが、はっきりしない。ま、これから行って確かめてみるよ」

「そうですか。じゃあ、音次郎……」

「はい……」

「旦那のお供をしな」

「合点です」

「よし。じゃあ半次、神尾左内を頼む」

「はい……」

「呉々も注意をして、決して無理はするなよ」

半兵衛は命じた。

月番の北町奉行所には、多くの人が忙しく出入りをしていた。

半兵衛は、音次郎を従えて同心詰所に戻り、旗本御家人の武鑑で駿河台小川町の旗本岡部家を探した。

小川町に旗本岡部家はあった。

千三百石取りの旗本岡部兵庫……。

浪人の神尾左内は、旗本岡部家の家臣だったのだ。

そして、何故か暇を取って浪人した。

何故だ……。

半兵衛は、音次郎を従えて駿河台小川町に向かった。

妙音寺の裏門が開き、浪人の神尾左内が出て来た。

左内は、辺りを鋭く窺って不審のないのを見定め、土塀脇の路地を進んだ。

半次が現れ、神尾左内を尾行始めた。

駿河台小川町は、大名家江戸上屋敷や旗本屋敷が甍を連ねている。

半兵衛と音次郎は、小川町の切絵図で旗本岡部兵庫の屋敷を探した。

「あそこですかね……」

音次郎は、一軒の旗本屋敷を示した。

「うん。間違いないね」

半兵衛は、音次郎の示した屋敷が切絵図に描かれた岡部屋敷だと見定めた。

岡部屋敷は表門を閉め、静寂に覆われていた。

音次郎は、旗本屋敷の連なりを見廻した。

離れた旗本屋敷から箒を持った下男が現れ、門前の掃除をし始めた。

「旦那、ちょいと訊いてみますか……」

音次郎は、下男を眺めた。

「うむ。神尾左内がいたのはかなり昔だ。知っていると良いがな……」

半兵衛は頷いた。

「はい、じゃあ……」

音次郎は、屋敷の門前の掃除をしている下男の許に走った。

武家地は、町奉行所の支配違いだ。

巻羽織の半兵衛は、目立たぬように物陰に入った。

「岡部兵庫さまの御家来の神尾左内さまですか……」

老下男は訊き返した。

「ええ。随分と昔に暇を取った御家来なんですが……」

「覚えていますよ。神尾左内さん……」

「覚えている……」

音次郎は、思わず顔を綻ばせた。

「ええ。物静かな落ち着いた方でしてね。手前たち奉公人にも気さくに声を掛けてくれる方でしたよ」

老下男は、遠い昔を思い出すように告げた。

「へえ、そんな方ですか……」

「ええ。好い方でしたよ」

「それで、どうして岡部さまのお屋敷から暇を取られたんですかね」

音次郎は訊いた。

「さあ。そこ迄は知りません」

老下男は首を捻った。

「そうですか……」

音次郎は肩を落とした。

「ええ。ま、此の前、岡部屋敷から暇を取った下男の宇平さんなら、詳しい事を知っているかもしれませんが……」

老下男は告げた。

「岡部屋敷から暇を取った宇平さん……」

音次郎は眉をひそめた。

「ええ。歳を取り、下男奉公も此迄だと暇を取った人ですよ」

老下男は、岡部屋敷から暇を取った下男仲間の消息を知っていた。

「その宇平さん、今、何処にいるんですか……」

「確か千駄木にいる娘さんの処に厄介になるって云っていましたよ」

「千駄木の娘さん、名前、分かりますか……」

音次郎は畳み掛けた。

神田川の流れは緩やかであり、行く猪牙舟の船頭の操る棹の先から散る水飛沫は煌めいた。

塗笠を被った神尾左内は、神田川に架かっている昌平橋の南詰に佇み、八ツ小路を行き交う人々を眺めていた。

誰かを待っているのか……。

半次は、物陰から左内を見張った。

篠崎京弥が、淡路坂から昌平橋に向かって来た。

京弥だ……。

半次は見守った。

左内は、京弥に気が付いて塗笠を目深に被り直した。

京弥は、左内の前を通って昌平橋を渡った。

左内は尾行た。

半次は続いた。

神田明神には多くの参拝客が訪れていた。

篠崎京弥は、境内の片隅の茶店に向かった。

茶店の縁台には、岸田竜之助と森喜一郎が腰掛けて茶を飲んでいた。

「おう。待たせたな……」

京弥は、岸田と森に笑い掛けた。

「いや。じゃあ、行くか……」

岸田と森は、縁台から立ち上がって茶店を出た。

「あっ。お侍さま、茶代を……」

茶店の亭主が声を掛けた。

「何……」

岸田と森は振り返り、茶店の亭主を睨み付けた。

居合わせた客たちは、思わず身を固くした。

左内は、塗笠を上げて眉をひそめた。

半次は見守った。

「茶代、未だ頂いていませんが……」

茶店の亭主は、怯みながらも必死に声を震わせた。

「おのれ。我らが茶代を払わぬと云うのか……」

岸田は凄んだ。

「は、はい。昨日も、一昨日も……」

茶店の亭主は、恐怖に声を引き攣らせた。

「無礼者。そこに直れ、手討ちにしてくれる」

岸田は怒鳴り、刀の柄を握り締めた。

客たちが慌てて茶店を出た。

茶店の亭主は立ち竦み、激しく震えた。

「待て……」

奥で茶を飲んでいた中年の武士が、立ち上がって進み出た。

岸田、森、京弥は戸惑った。

「おぬしたち、名を教えて貰おう」

中年の武士は、茶店を出て岸田、森、京弥を厳しく見据えた。

「名を聞くなら、先ずはその方が名乗れ……」

岸田は、微かに怯んだ。

「拙者は徒目付組頭宮坂軍兵衛……」

中年の武士は告げた。

「徒目付組頭……」

岸田、森、京弥は怯んだ。

〝徒目付組頭〟とは、目付の配下であり武士の監察などをする役目だ。

「如何にも。名を聞かせて貰おう」

徒目付組頭の宮坂軍兵衛は、厳しい面持ちで迫った。

京弥、岸田、森は後退りし、身を翻して逃げた。

「待て……」

宮坂軍兵衛は、追い掛けようとした。

刹那、塗笠を目深に被った左内が現れ、宮坂軍兵衛の前を横切った。

宮坂軍兵衛は、踏鞴を踏んだ。

左内は、宮坂軍兵衛の行く手を塞ぐように彷徨いた。

「退け……」

宮坂軍兵衛は怒鳴った。

「す、済まぬ……」

左内は詫び、身を退いた。

宮坂軍兵衛は、逃げた京弥、岸田、森を追った。

左内は、塗笠を上げて厳しい面持ちで見送った。

邪魔をした……。

左内は、京弥、岸田、森を追い掛けようとする徒目付組頭宮坂軍兵衛の邪魔をしたのだ。

半次は、左内を見守った。

左内は、塗笠を目深に被り直して足早に神田明神の境内を出た。

半次は追った。

三

神尾左内は、明神下の通りから妻恋坂を足早に上がり、湯島天神に向かった。

半次は尾行た。

左内は、湯島天神の境内に進み、行き交う参拝客に篠崎京弥、岸田、森を捜した。

しかし、京弥、岸田、森の姿は何処にもなかった。

左内は、微かな焦り(あせ)を滲(にじ)ませた。

半次は見守った。

千駄木の田畑の緑は微風に揺れていた。

半兵衛は、音次郎に誘われて千駄木坂下町に流れる小川沿いの小道を北に進んだ。

「あの家ですね」

音次郎は、行く手にある庭木に囲まれた家を示した。

庭木に囲まれた家の表には、植木屋『植甚』の看板があった。

旗本岡部兵庫の屋敷に奉公していた下男の宇平は、六十歳を過ぎて暇を取り、娘の嫁ぎ先である植木屋『植甚』の世話になっていた。

宇平なら岡部家の家来だった神尾左内の事を知っているかもしれない……。

半兵衛と音次郎は、宇平を訪ねて千駄木の植木屋『植甚』にやって来た。

宇平は、植木屋『植甚』で孫の世話をしながら毎日を過ごしていた。

半兵衛と音次郎は、離れの座敷の縁側に腰掛け、『植甚』の女房、宇平の娘の出してくれた茶を啜った。

「それで白縫さま、手前にどのような……」

宇平は、老顔に戸惑いを滲ませた。

「うん、そいつなんだがね。宇平は神尾左内を知っているかな……」

半兵衛は笑い掛けた。

「はい。昔、岡部家に御奉公されていた神尾左内さまなら存じておりますが……」

宇平は、戸惑いを浮かべた。

「そうか。ならば、ちょいと訊きたい事があってね」

「さあて、手前の知っている事なら良いのですが、神尾左内さま、お達者なのですか……」

宇平は、逆に尋ねた。

「うん。入谷の寺の家作で暮らしているよ」

「寺の家作……」

「うん……」

「ならば、独り身で……」

宇平は、白髪眉をひそめた。

「宇平。神尾左内が何故、独り身なのか知っているのか……」

半兵衛は尋ねた。

「白縫さま、神尾さまは穏(おだ)やかな方で、手前たち奉公人に読み書き算盤(そろばん)を教えてくれるようなお人柄、とても良い方でした。その神尾さまが何か悪事を働いたのなら、きっと深い訳があるのです」

宇平は心配した。

「案ずるな、宇平。神尾左内が悪事を働いている訳ではない……」

半兵衛は苦笑した。

「そうですか……」

宇平は、安堵(あんど)を過(よ)ぎらせた。

「して、宇平。神尾左内はその昔、何故に岡部家から暇を取ったのか知っているかな……」

半兵衛は眉をひそめた。

「そ、それは……」

宇平は躊躇(ためら)った。

知っている……。

半兵衛は、宇平が知っていると見定めた。

「宇平。神尾左内は或る旗本の放蕩息子を守り神のように庇っていてな」

半兵衛は告げた。

「旗本の放蕩息子を……」

宇平は、微かな緊張を過ぎらせた。

「うん。私はその理由が知りたくてね」

「白縫さま、その旗本の倅、ひょっとしたら篠崎と云う名では……」

宇平は、篠崎と云う名の旗本を知っていた。

「そうだ。篠崎京弥と云う旗本の倅だが、宇平は知っているのか……」

半兵衛は、微かな戸惑いを浮かべた。

「はい。篠崎さまは、その昔、岡部さまのお嬢さまが嫁がれたお旗本にございます」

「岡部さまのお嬢さま……」

「はい。お嬢さまの早苗さまは、神尾さまと相惚れの恋仲でした」

宇平は告げた。

「相惚れの恋仲……」

半兵衛は知った。

「はい。ですが、岡部のお殿さまは家来の神尾さまとの仲をお許しにならず、早苗さまを篠崎家に嫁がせました。それで、神尾さまは岡部家から暇を取られたのでございます」

宇平は、哀し気に老顔を歪めた。

「じゃあ、篠崎京弥は若い頃の神尾左内と恋仲だったお嬢さまの倅ですか……」

音次郎は眉をひそめた。

「そう云う事になるな……」

半兵衛は頷いた。

「じゃあ、神尾左内は……」

「うむ。昔、惚れた女の倅の守り神になっているようだ……」

半兵衛は読んだ。

微風が吹き抜け、様々な植木が葉音を鳴らした。

神尾左内は、湯島天神から下谷広小路の周囲の盛り場を歩き廻った。

半次は尾行た。

左内は、篠崎京弥、岸田竜之助、森喜一郎を捜している……。

半次は、左内の動きを読んだ。

だが、京弥、岸田、森の姿は何処の盛り場にもなかった。

ひょっとしたら、京弥たちは徒目付組頭の宮坂軍兵衛に捕えられたのか……。

左内は、苛立ちと焦りを滲ませた。


夕陽が沈み始めた。

左内は、重い足取りで下谷広小路から山下(やました)に向かった。


寺の連なる新寺町の通りには、提灯(ちょうちん)の明かりが行き交い始めた。

神尾左内は、一軒の寺の裏手に廻った。

裏手にある寺の家作では、博奕打ち(ばくちう)の貸元(かしもと)が賭場(とば)を開帳(かいちょう)していた。

左内は、賭場に入った。

半次は続いた。


賭場には熱気と煙草(たばこ)の煙(けむり)が満ち、欲に駆られた者たちが盆茣蓙(ぼんござ)を囲(かこ)んでいた。

神尾左内は、盆茣蓙を囲む客を見廻し、三下に何事かを尋ねていた。

京弥たちを捜している……。

半次は、左内の動きを読んだ。

しかし、京弥、岸田、森は賭場にもいなかった。

「そうか。で、神尾左内は京弥たちを見付けられず、入谷に帰ったか……」

半兵衛は苦笑した。

「はい……」

半次は頷いた。

「気になるのは、神田明神で出逢った徒目付組頭の宮坂軍兵衛だな……」

半兵衛は眉をひそめた。

「ええ。宮坂軍兵衛さま、おそらく京弥たちを放っては置かないでしょう」

半次は読んだ。

「うむ……」

半兵衛は頷いた。

「それにしても、神尾左内、京弥の母親と若い頃、恋仲だったとは……」

半次は、吐息を洩らした。

「おそらく、それ故の守り神だろうな……」

半兵衛は読んだ。

「じゃあ、神尾左内、今でも京弥の母親に惚れているんですかね」

音次郎は首を捻った。

「かもしれないな……」

半兵衛は、厳しい面持ちで頷いた。


翌朝。

半次は、入谷妙音寺の神尾左内の許に急いだ。

音次郎は、駿河台小川町の篠崎屋敷にいる京弥の見張りに就いた。

半兵衛は、北町奉行所同心詰所に顔を出した。

「遅いぞ、半兵衛……」

北町奉行所吟味方与力の大久保忠左衛門は、筋を怒らせた細い首を伸ばして怒鳴った。

半兵衛は、思わず眼を瞑った。

「半兵衛、急ぎ儂の用部屋に参れ」

忠左衛門は、怒声を残して同心詰所から己の用部屋に向かった。

半兵衛は、吐息を洩らして続いた。

居合わせた当番同心たちは、気の毒そうに半兵衛を見送り、早々に市中見廻りに出掛けて行った。


「御用ですか……」

半兵衛は、忠左衛門を見詰めた。

「半兵衛。近頃、神田明神や湯島天神辺りで悪さを働く馬鹿な旗本御家人はいるか……」

忠左衛門は、筋張った細い首を伸ばして尋ねた。

「はあ。いない事もありませんが、何か……」

忠左衛門に篠崎京弥たちの事は報(しら)せていない……。

半兵衛は戸惑った。

「うむ。昨日遅く、不忍池の畔(ほとり)の雑木林で徒目付組頭の宮坂軍兵衛どのが斬られ、瀕死(ひんし)の重傷で見付かってな」

忠左衛門は、細い首の筋を引き攣らせた。

「徒目付組頭の宮坂軍兵衛どのが……」

半兵衛は驚いた。

「半兵衛、宮坂軍兵衛を知っているのか……」

「名前だけは……」

「そうか。宮坂軍兵衛、昨日、神田明神や湯島天神界隈に何かの探索に行っていてな。その辺りの事で襲われ、斬られたのかもしれぬ」

忠左衛門は、沈痛な面持ちで筋張った細い首を伸ばした。

「そうですか。それで、宮坂どのは……」

半兵衛は心配した。

「未だ意識を失ったままでな。命が助かるかどうか、難しいそうだ。うん……」

忠左衛門は、己の言葉に頷いた。

「して、宮坂どのは何の探索を……」

「それは分からぬ。だが宮坂、昨日、神田明神の境内で狼藉を働く旗本御家人の倅たちを厳しく咎めたらしくてな……」

忠左衛門は、宮坂軍兵衛襲撃が秘かに探索している件に拘わるものか、狼藉を働いて咎められた旗本御家人の倅たちの仕業のどちらかだと、睨んでいるようだ。

「それで半兵衛。お目付が神田明神や湯島天神で悪さを働く馬鹿な旗本御家人の倅共を知らぬかと聞いて来てな」

「お目付が……」

「うむ。どうだ、知らぬか……」

「はあ。心当たりがない訳ではありませんが、何分にも旗本御家人の御家に拘わる事、確かな証拠もなく、迂闊な事は……」

半兵衛は眉をひそめた。

「うむ。半兵衛の申す通りだ。だが、お目付からの問い合わせ、放って置く訳にも参らぬので、それなりに調べてみてくれ」

忠左衛門は命じた。

「心得ました」

半兵衛は引き受けた。

篠崎京弥、岸田竜之助、森喜一郎は、徒目付組頭宮坂軍兵衛を斬った疑いを掛けられた。

半兵衛は、神尾左内がそれを知ったらどうするのか、想いを巡らせた。

守り神としての役目を果たすのか、それとも見放すのか……。

何れにしろ厳しい決断だ。

半兵衛は、神尾左内に同情した。


入谷妙音寺は住職の朝の勤行も終わり、静けさに覆われていた。

神尾左内は、境内の庭木の手入れをしている寺男の伝吉に声を掛け、妙音寺の山門を後にした。

半次が物陰から現れ、左内を慎重に尾行始めた。

幼い子供たちの歓声が、行く手の鬼子母神の境内からあがった。


淡路坂上の篠崎屋敷は、主京太夫が無役の小普請組であり、出仕する事もなく表門を閉じたままだった。

音次郎は、斜向かいの太田姫稲荷の境内から篠崎屋敷を見張り、近くの屋敷の奉公人たちにそれとなく聞き込みを掛けた。

半兵衛が淡路坂を上がって来た。

「旦那……」

「やあ。京弥、屋敷にいるようだな」

半兵衛は、篠崎屋敷を眺めた。

「はい。金を握らせた渡り中間が、京弥は屋敷におり、出掛けるのはいつも昼過ぎだと……」

音次郎は告げた。

「そうか。で、何か分かったか……」

「はい。近所の屋敷の奉公人の皆に訊いたんですが、京弥、月足らずで生まれたってんで、随分と大切に甘やかされて育てられ、餓鬼の頃から我儘に育ったそうですよ」

「ほう。月足らずで生まれたのか……」

半兵衛は眉をひそめた。

「はい。それで大切に育てられたせいか、十八歳になる今日迄、大きな病もせずに来たとか……」

音次郎は、腹立たし気に告げた。

「そうか。して、音次郎。篠崎屋敷の周囲にお前の他に見張っている者はいないかな」

半兵衛は、篠崎屋敷の周囲を見廻した。

「あっしの他に見張っている者ですか……」

「うん……」

「いないと思いますが。旦那、何か……」

音次郎は、半兵衛に怪訝な眼を向けた。

「実はな、徒目付組頭の宮坂軍兵衛が何者かに斬られ、命が助かるかどうか、未だ分からないらしい」

「徒目付組頭の宮坂軍兵衛さまが……」

音次郎は驚いた。

「うむ……」

「まさか、京弥が岸田や森と……」

音次郎は眉をひそめた。

「うむ。で、目付が昨日、神田明神で宮坂軍兵衛に咎められた若い奴らを捜していてね」

「そうでしたか。ですが、京弥に岸田に森、あいつらに徒目付組頭の宮坂軍兵衛さまを斬れますかね……」

音次郎は首を捻った。

「ま、尋常な勝負なら、束になって掛かっても先ず無理だろうな」

半兵衛は苦笑した。

「じゃあ、騙し討ちか、腕の立つ奴を雇ったか、それとも他の奴の仕業……」

音次郎は読んだ。

「守り神の神尾左内か……」

半兵衛は、厳しさを過ぎらせた。


神田川に架かる昌平橋は、神田八ツ小路と不忍池に続く明神下の通りを結んでおり、多くの人が行き交っていた。

神尾左内は被っている塗笠を上げ、昌平橋の南詰、神田八ツ小路に佇んで八つの道筋の一つ、淡路坂を眺めた。

篠崎京弥が来るのを待っている……。

半次は、物陰から左内を見張った。

左内は、塗笠を目深に被り直して昌平橋の南詰に佇んだ。

篠崎京弥は既に出掛けているのでは……。

半次は眉をひそめた。

左内は、篠崎屋敷に行かず、昌平橋の袂で京弥が来るのを待っている。

それは、篠崎京弥の毎日の暮らし振りを調べて割り出し、読んだ事なのだ。

左内は、迷いや疑いを見せず昌平橋の袂に佇み続けた。

半次は、左内を見張り始めた。


「旦那……」

音次郎は、篠崎屋敷を見ながら半兵衛を呼んだ。

「うん……」

半兵衛は、篠崎屋敷を見た。

篠崎京弥が現れ、中間に見送られて淡路坂を下り始めた。

「よし。先に行きな……」

半兵衛は命じた。

「合点です」

音次郎は、篠崎京弥を尾行た。

半兵衛は、音次郎の他に篠崎京弥を尾行る者が現れるのを待った。だが、京弥を尾行る者は、音次郎の他にはいなかった。
徒目付の手は及んでいない……。
半兵衛は見定め、京弥を尾行る音次郎の後ろ姿を追った。

神尾左内は、塗笠を上げて淡路坂を見上げた。
半次は、左内の視線を追った。
篠崎京弥が、淡路坂を下りて来た。
京弥だ……。
半次は見定めた。
そして、音次郎が京弥を追って来た。
左内は、京弥を見定めて塗笠を目深に被り直した。
京弥は、左内に気が付かず昌平橋に向かった。
左内は、通り過ぎる京弥を見送り、背後を来る者を見た。
音次郎が京弥を尾行て来る筈だ。
拙い……。
左内は、音次郎の顔を知っている。

どうする……。
半次は緊張した。
左内は、京弥を尾行て来る音次郎に気が付き、刀を握って進み出ようとした。
刹那、音次郎の背後に半兵衛が現れた。
半兵衛の旦那……。
半次は、微かな安堵を覚えた。
左内は、半兵衛に気が付いて進み出るのを躊躇った。
音次郎は、左内に気が付かず京弥を追って行った。
左内は、何気ない素振りで音次郎に続こうとした。
「やあ。神尾さんじゃありませんか……」
半兵衛は、左内に屈託のない声音で呼び掛けた。
左内は立ち止まり、塗笠を上げながら振り返った。
「ああ。やはり神尾左内さんだ……」
半兵衛は、左内に笑い掛けながら近寄った。
京弥と音次郎は、昌平橋を渡って行った。
半次は、半兵衛を窺った。

半兵衛は頷いた。

半次は、京弥を尾行る音次郎を追った。

「おぬしは……」

左内は、探る眼で半兵衛を見詰めた。

「私は北町奉行所同心白縫半兵衛……」

半兵衛は名乗った。

「白縫半兵衛どの……」

「左様。元旗本岡部家御家中の神尾左内さんだね……」

半兵衛は、親し気な笑顔を見せた。

四

神田川の流れは煌めいた。

半兵衛と神尾左内は、八ツ小路の隅、神田川の岸辺に佇んだ。

「某の事を調べたようだが、何の用かな……」

左内は、戸惑いと焦りを滲ませた。

「篠崎京弥が仲間たちと悪事を働こうとすれば、私の手の者が止めるでしょう」

半兵衛は告げた。

「白縫どの……」

左内は、己の腹の内を読まれ、微かに狼狽えた。

「やはり、篠崎京弥の悪事を止めさせ、守ろうとしていますか……」

半兵衛は苦笑した。

「何……」

「それは、篠崎京弥が篠崎早苗、岡部早苗さんの倅だからですか……」

半兵衛は、左内を見詰めた。

「白縫どの……」

左内は、半兵衛を厳しく見返した。

「早苗さんを悲しませたくないと云う一念ですか……」

半兵衛は微笑んだ。

「白縫どの、既に何もかも御存知のようですな……」

左内は、小さな吐息を洩らした。

「さあて、そいつはどうですか……」

「で、白縫どのは、某にどうしろと……」

左内は、半兵衛の出方を探るように見詰めた。

「左内さん、過日、神田明神の茶店で茶代を払わない岸田や森を、居合わせた徒目付組頭に咎められたのは御存知ですね」

「うむ……」

左内は、徒目付組頭宮坂軍兵衛の邪魔をしたのを思い出していた。

「その徒目付組頭、何者かに斬られ、生死の境を彷徨っている……」

半兵衛は告げた。

「何、宮坂軍兵衛どのが斬られた……」

左内は驚き、呆然とした。

「左様。何か心当たりはあるかな……」

半兵衛は尋ねた。

「心当たり……」

「如何にも。あの日、おぬしは京弥たちを追い掛けようとした宮坂どのの邪魔をし、その後、京弥を捜し廻ったが見付ける事が出来ず、入谷の妙音寺に帰った」

「い、如何にも……」

左内は、何もかも知っている半兵衛の言葉に喉を鳴らして頷いた。

「その間、京弥たちと宮坂どのの間に何があったのか……」

半兵衛は、厳しさを過ぎらせた。

「白縫どの、京弥と岸田や森に徒目付組頭の宮坂どのを斬る腕はない」

左内は断言した。

「私もそう思う。しかし、お目付は宮坂軍兵衛に咎められた京弥たちを疑い、秘かに探索を始めている」

「な、何と……」

左内は、激しく動揺した。

「お目付の探索が進んで公になれば、京弥たちが宮坂軍兵衛どのを斬っていなくても、その行状は公儀の知る処となり、篠崎家、岸田家、森家は只では済まぬ事になる」

半兵衛は読んだ。

「白縫どの、ならばどうしたら良い……」

左内は、嗄れ声を震わせた。

「宮坂どのを斬った者を突き止めるか、京弥たちに己の無実を証明させるしかありますまい……」

半兵衛は、厳しい面持ちで告げた。

「だが、京弥たちにそんな真似が……」

「左内さん、京弥を守りたいのなら、優しくするより、厳しくしなければならぬ。違いますか……」

「白縫どの……」

「左内さん。優しく守ってやったのが裏目に出た。こうなる前にさっさと厳しい手を打つべきだった。京弥の守り神なら……」

「守り神……」

左内は眉をひそめた。

「左様。だが、守り神も、時には死に神になる事もある……」

半兵衛は、厳しく云い放った。


湯島天神境内に参拝客が多かった。

半次と音次郎は、境内の隅の茶店で落ち合って茶を飲む篠崎京弥、岸田竜之助、森喜一郎を見張っていた。

「彼奴ら、徒目付組頭の宮坂軍兵衛さまを斬ったと疑われているとも知らず、何をする気かな……」

　半次は、音次郎から徒目付組頭の宮坂軍兵衛が斬られ、目付が秘かに京弥たちの探索を始めた事を知らされた。

「又、何処かのお店の旦那でも強請る悪巧みでもしているんですかね……」

　音次郎は読んだ。

「きっとな……」

　半次は苦笑した。

　十徳を着た茶の宗匠風の老人がお店のお内儀らしき年増を伴い、茶店の前を通って東の鳥居に向かって行った。

　京弥、岸田、森は顔を見合わせ、茶を置いて茶店を出た。

「あっ、お客さま、茶代を……」

　茶店の亭主は慌てた。

　だが、京弥、岸田、森は、茶店の亭主を無視して茶の宗匠風の老人とお内儀らしき年増を追った。

「野郎、又、只飲みをしやがった……」

　音次郎は吐き棄てた。

「追うよ……」

半次と音次郎は、京弥、岸田、森を追った。

京弥、岸田、森は、茶の宗匠風の老人とお店のお内儀らしき年増を追い、東の鳥居を潜った。

東の鳥居の外には男坂と女坂があり、明神下の通りは不忍池に続いている。

篠崎京弥、岸田竜之助、森喜一郎は、東の鳥居を出て立ち竦んだ。

半兵衛と神尾左内がいた。

「やあ……」

半兵衛は笑い掛けた。

「退け……」

京弥は、左内を退かそうと腕を伸ばした。

次の瞬間、左内は京弥の伸びた腕を摑(つか)んで捻(ひね)った。

京弥は、激痛に顔を歪めて蹲(うずくま)った。

「な、何をする……」

岸田と森は、慌てて左内に向かおうとした。

半兵衛が立ちはだかった。

岸田と森は怯み、後退りをして逃げた。

半兵衛は、半次と音次郎に追えと目配せをした。

半次と音次郎は頷き、追った。

「離せ、無礼者……」

京弥は、顔を醜く歪めて踠いた。

「静かにしろ……」

左内は、踠く京弥を押さえた。

「わ、我らは旗本御家人だ。町奉行所の役人に咎めを受ける謂れはない」

京弥は、顔を引き攣らせて声を震わせた。

「ならば、お前たちを捜している目付に突き出す迄だが、それでも良いかな
……」

半兵衛は笑った。

「め、目付に……」

京弥は狼狽えた。

「ああ。篠崎京弥、お前たちを追った徒目付組頭の宮坂軍兵衛さんが斬られたの

を知っているな……」

半兵衛は、京弥を厳しく見据えた。

「えっ。徒目付組頭が斬られた……」

京弥は驚き、声を掠れさせて激しく震えた。

「京弥、斬ったのは、お前たちか……」

半兵衛は畳み掛けた。

「ち、違う。俺たちじゃあない。俺たちは追われて逃げ廻っただけだ。逃げただけで、斬ってなどいない。本当です……」

京弥は、恐怖に掠れた声を必死に震わせた。

嘘はない……。

半兵衛は読んだ。

「白縫どの……」

左内は、半兵衛同様に京弥の言葉に嘘はないと睨み、縋る眼差しを向けた。

「うむ……」

半兵衛は苦笑した。

風が吹き抜け、不忍池に小波が走った。

半兵衛は、左内と京弥を伴って不忍池の畔の雑木林に入った。

「宮坂さんに追われ、此処に隠れて遣り過ごしたのか……」

半兵衛は、雑木林の向こうに見える小道を眺めた。

「はい。で、追って来た宮坂どのが通り過ぎて行きました……」

京弥は、下谷広小路の方を眺めた。

「それが宮坂さんを見た最後か……」

「は、はい……」

京弥は頷き、俯いた。

「そうか。良く分かった……」

半兵衛は笑った。

京弥は、重い足取りで不忍池の畔から明神下の通りに向かった。

左内は、安堵を滲ませて京弥を見送った。

「さあ、追いますよ」

半兵衛は、左内に笑い掛けた。

「追う。京弥をですか……」

左内は、戸惑いを浮かべた。

「ええ。京弥たちが徒目付組頭の宮坂さんを斬っていないのは確かでしょう。だが、何かを隠している……」

半兵衛は苦笑した。

「えっ……」

左内は困惑した。

「さあ、行きますよ」

半次は、左内を促して京弥を追った。

京弥は、明神下の通りを昌平橋に向かった。

半兵衛と左内は追った。

京弥は、明神下の通りを足早に進み、妻恋坂に曲がった。

半兵衛と左内は、足取りを速めて京弥を追った。

妻恋坂は南側に旗本屋敷が甍を連ね、北側の端には妻恋稲荷があった。

京弥は、連なりの中程の旗本屋敷の潜り戸を叩いた。

半兵衛と左内は見守った。

小者が、旗本屋敷の潜り戸から顔を出した。

京弥は、小者に何事かを告げた。

小者は頷き、屋敷内に戻った。

京弥は、薄笑いを浮かべて門前で待った。

「誰の屋敷かな……」

半兵衛は、旗本屋敷を眺めた。

「牧野采女正さまのお屋敷ですよ」

左内は、誰の屋敷か知っていた。

「ほう。御存知か……」

「京弥は昔、牧野家部屋住みの次男進次郎の取り巻きの一人でした……」

左内は告げた。

「取り巻き……」

「ええ。京弥に酒や博奕、強請に集り、悪い事を教え込んだ奴だ。牧野進次郎は
……」

「そんな奴か……」

半兵衛は苦笑した。

牧野屋敷から若い武士が現れ、待っていた京弥に笑い掛けた。

「牧野進次郎です……」

左内は、若い武士を牧野進次郎だと告げた。

京弥は、薄笑いを浮かべて何事かを告げた。

牧野進次郎は苦笑し、斜向かいの妻恋稲荷に向かった。

京弥は続いた。


妻恋稲荷に参拝客はいなかった。

牧野進次郎は、京弥を境内の隅に誘った。

京弥は続いた。

「進次郎さん。おぬし、徒目付組頭の宮坂軍兵衛を……」

京弥は、その眼に狡猾さを過ぎらせた。

「京弥、俺に漸く養子話が来てな。面倒を見てくれていた常磐津の師匠を自害を装って始末した……」

「進次郎さん……」

「だが、どうやらそいつを徒目付組頭に気付かれたらしくてな……」

「斬ったのですか……」

「ああ。こんな風にな……」

牧野進次郎は、嘲笑を浮かべて京弥に抜き打ちの一刀を浴びせた。

京弥は、肩を斬られ、血を飛ばして仰け反り倒れた。

半兵衛と左内は地を蹴った。

進次郎は、倒れている京弥に止めを刺そうとした。

「京弥……」

左内は、咄嗟に倒れた京弥に覆い被さって庇った。

左内の背に刀が突き刺さり、血が飛んだ。

半兵衛は、進次郎に迫り、抜き打ちの一刀を放った。

甲高い金属音が鳴り、進次郎の刀が飛んで煌めいた。

進次郎は怯んだ。

半兵衛は踏み込み、刀の峰を返して進次郎の首の付け根を鋭く打ち据えた。

進次郎は昏倒した。

「左内さん……」

半兵衛は、背中を突き刺されて倒れた左内に駆け寄った。

京弥は、肩から血を流して気を失っていた。

「左内さん、此程迄に京弥を……」

半兵衛は眉をひそめた。

「し、白縫どの、京弥は早苗どのが篠崎家に嫁がれて月足らずで生まれた子でしてね……」

左内は、苦しそうに顔を歪めて笑った。

「知っていますよ……」

半兵衛は、小さな笑みを浮かべた。

「じゃあ、お気付きですか……」

左内は苦笑した。

「ええ。如何に昔惚れた女の子供でも、己を懸けた守り神にはなれない……」

「守り神ですか……」

「ええ。守り神です」

半兵衛は笑った。

「いろいろ騒がせて済まなかった……」

左内は、死相の浮かんだ顔に懸命に笑みを浮かべた。

哀しい笑みだった。

「左内さん……」

「お世話になりましたな……」

左内は、哀し気な笑みを浮かべて絶命した。

「左内さん……」

半兵衛は、左内を揺り動かした。

守り神は死んだ。

風が吹き抜け、妻恋稲荷の木々の梢が葉音を鳴らした。

徒目付組頭宮坂軍兵衛は息を引き取った。

命を取り留めた篠崎京弥は、目付に知っている事のすべて伝えた。

目付は、牧野進次郎を捕らえて評定所送りにした。

評定所は、おそらく牧野進次郎を死罪に処し、牧野家に厳しいお咎めを下す筈だ。

「篠崎京弥、此で身を慎(つつし)んで大人しくなると良いんですがね……」

半次は苦笑した。

「ああ。守り神の神尾左内さんもいなくなったのだ。もう、愚かな真似はしないだろう」

「だと良いんですが。それにしても左内さん、どうして京弥のような野郎の守り神になったんですかね」

音次郎は首を捻った。

「昔、恋仲だった女の子供だ。それだけ、京弥の母親に惚れていたんだろうな」

半次は読んだ。

「じゃあ、左内さん。今でも京弥のおっ母さんに惚れているんですかね。だったら、凄いな……」

音次郎は感心した。

「そうかもしれないねえ……」

半兵衛は笑った。

その昔、神尾左内は恋仲だった早苗が篠崎家に嫁ぐ事になり、主家の岡部家から暇を取った。
一夜限りの情を交わして……。
そして、月足らずの京弥が生まれた。
京弥の実の父親は神尾左内……。
それが事実かどうか知っているのは、おそらく京弥の母の早苗だけなのだ。
半兵衛は、何故に神尾左内が篠崎京弥の守り神になったのかを秘密にした。
世の中には、町奉行所の役人が知らぬ顔をした方が良い事もある。
それが、京弥の守り神として死んでいった神尾左内の願いなのだ。
此で良い……。
半兵衛は、知らぬ顔を決め込んだ。
微風は、半兵衛の鬢の解れ毛を揺らした。
半兵衛は微笑んだ。

第四話　首十両

一

ぱちん……。

半兵衛の髷の元結は、廻り髪結の房吉の鋏で切られた。

房吉は、元結を切った髷を解した。

半兵衛は眼を瞑り、日髪日剃を房吉に任せていた。

「旦那、年の頃は六十歳過ぎで小柄な盗人を御存知ありませんか……」

房吉は、半兵衛の月代に剃刀を当てながら訊いた。

「六十過ぎの小柄な盗人……」

半兵衛は、老盗人の隙間風の五郎八を思い浮かべた。

「ええ。濃い緑色の羽織を着た風采のあがらない父っつあんだそうです」

益々五郎八だ……。

半兵衛は、腹の内で苦笑した。

「名前は……」

「さあ。そこ迄は……」

房吉は、手を動かしながら首を捻った。

「そうか。で、その盗人の父っつあんがどうかしたのかい……」

半兵衛は尋ねた。

「首は十両、居場所は五両って触れが裏渡世に廻りましてね」

房吉は小さく笑った。

「ほう。その盗人の父っつあん、首を狙われているのか……」

半兵衛は、微かな緊張を覚えた。

「はい。何処の誰がどうして触れを廻したかは分かりませんがね」

房吉は、月代剃りを終えて、髪に櫛を入れ始めた。

「そうか……」

何者かが五郎八の首を欲しがっている……。

半兵衛は、眼を瞑ったまま髪を引かれ続けた。

盗人隙間風の五郎八の首に十両、居場所を報せれば五両の金が懸けられた。

「五郎八の父っつあんの首に賞金が……」

半次は驚いた。

「うむ……」

半兵衛は頷いた。

「誰がどうして、父っつあんに賞金を懸けたんですかね」

半次は、戸惑いを浮かべた。

「そいつは、房吉も分からないそうだ」

「房吉さんの勘違いじゃあないんですか……」

音次郎は首を捻った。

「いや。房吉に限って間違いはあるまい」

半兵衛は告げた。

「触れが裏渡世に廻されたとなると、廻したのは盗賊、博奕打ち、お尋ね者や凶状持ちの奴らなんでしょうね」

半次は読んだ。

「うん。五郎八、何処かの悪党の弱味でも握ったのかもしれないな」

半兵衛は苦笑した。

「ええ。旦那、気になります。隙間風の父っつあん、ちょいと捜してみていいですか……」

半次は、心配そうに告げた。

「うん。調べてみな」

半兵衛は頷いた。

「はい。じゃあ、音次郎、旦那のお供をしな」

「合点です」

音次郎は頷いた。

「じゃあ……」

半次は、半兵衛に会釈をして駆け去った。

「さあて、見廻りに行くか……」

半兵衛は、音次郎を伴って神田八ツ小路に向かった。

金龍山浅草寺は、参拝客や遊山の客で賑わっていた。

半次は、境内の茶店の縁台に腰掛けて茶を飲みながら行き交う人々の中に五郎八を捜した。

盗人隙間風の五郎八は、尊大な武士や金に物を云わせる商人たちの懐を専ら狙う一人働きの自称名人義賊であり、普段は浅草寺境内で獲物捜しをしていた。

半次は、境内の雑踏に緑色の羽織を着た小柄な五郎八を捜した。

境内の雑踏に五郎八の姿はなかった。

未だ来ていないのかもしれない……。

半次は、茶店で茶を飲みながら行き交う人々を見守った。

湯島天神は参拝客で賑わっていた。

半兵衛と音次郎は、境内の隅の茶店で見廻りの休息をしていた。

「あっ……」

境内を眺めていた音次郎が短い声を上げた。

「どうした……」

「旦那。今、緑色の羽織を着た年寄りがいました。隙間風の父っつあんかもしれません」

音次郎は、本殿脇の東の鳥居に続く道を示して告げた。

「よし。追ってみな」

半兵衛は命じた。

「合点です」

音次郎は拝殿脇に急いだ。

「茶代を置くぞ……」

半兵衛は、縁台に茶代を置いて音次郎を追った。

音次郎は、拝殿脇にやって来た。

行き交う人の中に、緑色の羽織を着た年寄りはいなかった。

音次郎は、辺りを見廻した。

拝殿脇は奥殿に続き、東には鳥居があった。

だが、緑色の羽織を着た年寄りの姿は見当たらなかった。

音次郎は、東の鳥居に進んだ。

東の鳥居を出ると男坂と女坂になる。

音次郎は、東の鳥居を潜った。

緑色の羽織を着た年寄りが、女坂の下の道から不忍池に続く道に曲がって行くのが僅かに見えた。

音次郎は追った。

半兵衛が、東の鳥居から追って現れた。

不忍池は水鳥が遊び、飛び散る水飛沫が煌めいていた。

音次郎は、不忍池の畔に緑色の羽織を着た年寄りを捜した。

だが、緑色の羽織を着た年寄りの姿は何処にも見えなかった。

見失った……。

音次郎は、吐息を洩らした。

「見失ったか……」

半兵衛が追って来た。

「はい……」

音次郎は、悔し気に頷いた。

「で、緑色の羽織を着た年寄り、五郎八だと見定めたのか……」

半兵衛は訊いた。

「そいつが駄目でした……」

音次郎は肩を落とした。

「そうか……」

「人違いだったんですかね……」

音次郎は首を捻った。

「さあて、そいつはどうかな……」

半兵衛は、小さな笑みを浮かべた。

「それにしても旦那、隙間風の父っつあん、自分の首に十両の金が懸けられているのを知ってるんですかね」

「ま、知っていても平気で動くのが、盗人の隙間風の五郎八だ」

半兵衛は苦笑した。

不忍池の畔には木洩れ日が揺れた。

浅草寺の境内の賑わいは続いた。

半次は、隙間風の五郎八が現れるのを待ち続けていた。

だが、隙間風の五郎八は現れなかった。

よし……。

半次は、五郎八の家に急いだ。

盗賊隙間風の五郎八は、浅草元鳥越町にある鳥越明神の裏の小さな家に一人で住んでいた。

半次は、雷門を出て蔵前通りを浅草御門に進み、途中にある浅草御蔵の前を西に続く道に曲がった。そして、新堀川を渡ると元鳥越町になる。

鳥越明神に参拝客は少なかった。

半次は、鳥越明神の裏手に廻った。

裏手には、古い長屋や小さな家が幾つかあった。

半次は、幾つかある小さな家の一軒の格子戸を叩いた。

「五郎八の父っつあん、本湊の半次だ。五郎八の父っつあん……」

半次は、家の中に呼び掛けた。だが、家の中から五郎八の返事はなく、格子戸にも内側から鍵が掛けられて開かなかった。

もしや、既に十両首は獲られたのかもしれない……。

半次は緊張し、狭い路地伝いに裏に廻った。

半次は、裏の勝手口の板戸に身を寄せて中の様子を窺った。

板戸の中は台所であり、人のいる気配はなかった。

半次は、板戸を開けた。

板戸は、微かな軋みをあげて開いた。

半次は、薄暗く狭い台所に入って板戸を閉めた。

「五郎八の父っつあん。半次だ。父っつあん」

半次は、声を掛けながら薄暗く狭い家の奥に進んだ。

台所、居間、座敷、納戸……。

狭い家の中に五郎八はいなく、荒らされたり争った形跡はなかった。

「五郎八の父っつあん……」

半次は、納戸、押し入れ、戸棚の中などを詳しく調べた。

五郎八は何処にもおらず、拉致された痕跡もなかった。

既に誰かが首十両を手にしたのか、それとも五郎八が逸早く察知して尻に帆を掛けたのか……。

半次は、薄暗く狭い家を見廻した。

一人暮らしの年寄りの家らしく大した家具はなく、長火鉢の上の縁起棚には出雲大社の御札が祀られていた。

半兵衛の市中見廻りが、下谷から浅草に来る頃合いになった。

半次は、浅草寺に戻る事にした。

陽は西に傾き始めた。

半兵衛は、音次郎に不忍池や下谷広小路の界隈で引き続き五郎八を捜すように命じ、浅草寺にやって来た。

浅草寺の境内は賑わっていた。

半兵衛は、茶店の縁台に腰掛けて亭主に茶を頼んだ。

茶店やその周りに半次はいない……。

半次は五郎八が現れて後を追ったのか、それとも現れないので、五郎八の家に向かったのか……。

半兵衛は、運ばれて来た茶を啜り、辺りの人込みを眺めながら読んだ。

僅かな刻が過ぎた。

参道から半次が現れ、茶店に半兵衛がいるのに気が付いて駆け寄ってきた。

「旦那……」

「おう。五郎八、見つかったかい……」

「そいつが、此処(ここ)に現れないので家に行ってみたんですが、留守でした」

半次は、吐息混じりに告げた。

「いないのか……」

半兵衛は眉をひそめた。

「はい……」

「家に変わった様子は……」

「そいつが、争った跡もなく、無理矢理に連れ去られた様子もありませんでしたよ」

「そうか。半次、湯島天神の境内に緑色の羽織を着た年寄りがいるのに音次郎が気が付いてね」

半兵衛は告げた。

「五郎八の父っつあんですか……」

半次は、身を乗り出した。

「音次郎が追ったのだが見失い、その年寄りが五郎八だったかどうか、はっきりしなくてね。今も音次郎が捜しているよ」

半兵衛は苦笑した。

「そうですか……」

「うん。して、半次。隙間風の五郎八の首にどうして十両の金が懸けられたのか、ちょいと探ってみるか……」

半兵衛は告げた。

「はい……」

半次は頷いた。

「よし。ならば、此処から近い聖天一家の政五郎の処に行こう」

半兵衛は、茶店の縁台から立ち上がった。

博奕打ちの聖天一家は、浅草寺の東浅草聖天町にあった。

「おう。邪魔するよ」

半兵衛と半次は、聖天一家の土間に入った。

居合わせた三下は、巻羽織の半兵衛と半次を見て緊張した。

「北町奉行所の白縫の旦那だ。貸元の政五郎はいるか……」

半次は尋ねた。

「は、はい……」

「ちょいと呼んで貰おうか……」

「はい。只今……」

三下は、慌てて奥に報せに走った。

僅かな刻が過ぎ、貸元の政五郎が肥った身体を運んで来た。

「こりゃあ白縫の旦那、本湊の親分。お久し振りで……」

政五郎は、あがり框に座って半兵衛と半次に挨拶をした。

「やあ。政五郎、ちょいと訊きたい事があってね……」

半兵衛は笑い掛けた。

「あっしに訊きたい事ですか……」

「うん……」

半兵衛は、笑顔で政五郎を見据えた。

「そうですか。じゃあ、お上がり下さい」

政五郎は、ゆっくりと立ち上がった。

「うん。忙しい処、済まないね。邪魔するよ」

半兵衛は框に上がった。

「どうぞ……」

三下は、半兵衛と半次に茶を差し出した。

「うん。造作を掛けるね」

半兵衛は茶を啜った。

「で、旦那、親分。あっしに訊きたい事とは何でしょうか……」

政五郎は、半兵衛に警戒する眼を向けた。

「そいつなんだが、政五郎。隙間風の五郎八って盗人の首に十両の賞金が懸けられたそうだね」

半兵衛は、政五郎を見据えて尋ねた。

「ああ。その件ですか……」

政五郎は、半兵衛の用件が自分たちに余り拘わりのない事だと知り、微かな安堵を過ぎらせた。

「うん。何処の誰が五郎八の首に何故、賞金を懸けたのか、知っているなら教えて欲しい」

半兵衛は笑い掛けた。

「はい。隙間風の五郎八って盗人の首に十両、居場所に五両の賞金を懸けると触れを廻したのは、薬研堀の百蔵って両国広小路の地廻りの親方ですよ」

「薬研堀の百蔵……」

半次は眉をひそめた。

「ええ……」

政五郎は、肉に埋もれた首で頷いた。

「薬研堀の百蔵、どうして五郎八の首に賞金を懸けたのだ」

半兵衛は訊いた。

「白縫の旦那。あっしの見た処、薬研堀の百蔵は、誰かに命じられて五郎八の首に賞金を懸けたようですぜ」

政五郎は睨んだ。

「誰かに命じられてだと……」

半兵衛は眉をひそめた。

「ええ。隙間風の五郎八って盗人に何かの秘密を握られた奴が、口を塞ごうって魂胆で百蔵に触れを廻させた……」

政五郎は、狡猾な笑みを浮かべた。

「その命じた奴ってのは……」

半兵衛は、政五郎を鋭く見据えた。

「さあ、あっしもそこ迄は……」

政五郎は、微かな怯えを過ぎらせた。

「知らないか……」

「はい……」

政五郎は、笑みを浮かべて頷いた。

「聖天の貸元、もし今の話に嘘偽りがあったら只じゃあ済まないぜ」

半次は苦笑した。

「そりゃあもう、心得ておりますよ。本湊の親分……」

政五郎は、かつて半兵衛と半次に嘘偽りの証言をした為、賭場の客に騙りを仕掛けて脅した罪を着せられ、島流しにされそうになって震え上がった事があった。

「そうか。そいつは良い心掛けだ……」

半兵衛は笑った。

音次郎は、不忍池の畔から下谷広小路、神田明神の地廻りや遊び人に緑色の羽織を着た年寄りを見掛けなかったか訊き廻った。

「見掛けねえな、そんな爺い……」

遊び人は首を捻った。

「そうか、見掛けねえか……」

「ああ。それより、三味線堀の旗本屋敷に盗賊が押し込んだって噂、本当かい……」

遊び人は、音次郎に笑い掛けた。

「旗本屋敷に盗賊……」

音次郎は眉をひそめた。

「何だ、知らねえのか……」

遊び人は苦笑した。

「ああ。初めて聞いた。盗賊に押し込まれたってのは、三味線堀の何て旗本屋敷だ」

音次郎は訊き返した。

旗本家は目付の支配であり、盗賊に押し込まれるのは武家の恥辱として公にする事は滅多になく、半兵衛たち町奉行所の者が詳しく知る事はなかった。

「そいつが分からねえから訊いたんだぜ。俺が知っているのは、三味線堀近くの旗本屋敷に盗賊が押し込んだって噂だけだ」

遊び人は苦笑した。

「そうか、三味線堀近くの旗本屋敷が盗賊に押し込まれたって噂があるんだな……」

音次郎は、己を落ち着かせて訊いた。

両国広小路には露店や見世物小屋などが連なり、大勢の人々で賑わっていた。

薬研堀は、両国広小路の南の外れにある。

半兵衛と半次は、両国広小路の雑踏を抜けて薬研堀にある地廻りの親方百蔵の家に向かった。

隙間風の五郎八の首に十両の金を懸ける触れを廻したのは、両国広小路の地廻りの親方の薬研堀の百蔵だった。だが、博奕打ちの貸元聖天一家の政五郎は、百蔵は誰かに命じられて触れを廻したと睨んでいた。

その睨みが正しいなら、五郎八の首を狙っているのは百蔵に命じた者だ。

そいつは誰だ……。

半兵衛は、半次と百蔵の家に急いだ。

二

薬研堀に舫(もや)われた小舟は、大川から元柳橋(もとやなぎばし)を潜(くぐ)って寄せる波に揺れていた。

半次は、薬研堀の奥にある地廻りの親方百蔵の家を示した。

「あそこですぜ……」

「百蔵が誰かに命じられて五郎八の首に金を懸けたのなら、訊く事に正直に答える訳もあるまい」

半兵衛は苦笑した。

「きっと……」

半次は頷いた。

「よし。じゃあ私が尻に火を付けて来る。半次は此処で待っていてくれ」

「心得ました……」

半次は頷いた。

半兵衛は、半次を残して地廻り百蔵の家に向かった。

「じゃあ……」

「邪魔するよ」

半兵衛は、百蔵の家の店土間に入った。

「此は旦那、いらっしゃいませ」

居合わせた三下は、半兵衛の巻羽織を見て緊張を滲ませた。

「やあ。親方の百蔵はいるかな」

半兵衛は、奥の気配を窺いながら尋ねた。

「いえ。親方は出掛けておりますが……」

三下は、半兵衛に探る眼差しを向けた。

「そうか。留守か……」

家の奥に人の気配は窺えなかった。

「はい……」

三下は、緊張に喉を鳴らして頷いた。

「何処に行ったのかな……」

「さあ、聞いちゃあおりませんが、親方に何か……」

「うん。百蔵が廻した触れの事で、ちょいとな……」

半兵衛は笑い掛けた。

「えっ。親方が廻した触れですか……」

「ああ。俺が首を獲っても十両の金は貰えるのかな……」

半兵衛は、嘲(あざけ)りを浮かべた。

「えっ、旦那が……」

三下は驚いた。

「ああ。何だったら居場所の五両でも良いが、親方の百蔵に訊いておいてくれ……」

「は、はい……」

三下は、驚いた面持ちで頷いた。

「邪魔したな」

半兵衛は、地廻りの親方百蔵の家を出た。

半兵衛は、薬研堀沿いを大川に向かった。

裏通りに半次がいた。

半兵衛は、裏通りに入った。

「どうでした……」

「出掛けていたよ、百蔵……」

「姿を隠しましたか……」

半次は読んだ。

「おそらくね。で、応対した三下に、私が五郎八の首を獲ったら十両貰えるのかと聞いてやったよ」

半兵衛は苦笑した。

「そいつは良い。三下、きっと百蔵の処に行きますよ」

半次は笑った。

「そうだと良いがな……」

「旦那……」

半次は、半兵衛を素早く物陰に誘った。

三下が百蔵の家から現れ、半兵衛に気が付かず足早に通り過ぎて行った。

「じゃあ、後は任せて下さい」

半次は笑った。

「ああ。気を付けてな……」

半兵衛は頷いた。

半次は、三下を追った。

半兵衛は見送った。

大川に大きな荷船が通り、出来た波が薬研堀に押し寄せた。


夕暮れ時、月番の北町奉行所には多くの人が出入りしていた。

半兵衛は、八文字に開かれている表門を潜った。

「半兵衛の旦那……」

音次郎が、表門脇の腰掛から駆け寄って来た。

「おう。隙間風はいたか……」

「いいえ。五郎八の父っつあんは見付からないのですが、ちょいと気になる事を聞きまして……」

音次郎は眉をひそめた。

「気になる事……」

「はい……」

音次郎は頷いた。

「何だ……」

「三味線堀付近の旗本屋敷が盗賊に押し込まれたって噂ですぜ」

音次郎は告げた。

「旗本屋敷が盗賊に……」

半兵衛は眉をひそめた。

「はい。三味線堀近くの何て旗本かは分かりませんが、いろいろ噂を聞いてみると、押し込んだ盗賊は一人働きの盗人のようでして……」

音次郎は、緊張に喉を鳴らした。

「一人働きの盗人、隙間風の五郎八か……」

半兵衛は読んだ。

「はい。一人働きの盗人は大勢いますが、あっしはどうも五郎八の父っつあんかもしれないと思えて……」

「そうか……」

「はい……」

「隙間風の五郎八が旗本屋敷に忍び込み、その旗本家の秘密を盗み取った。で、旗本家は五郎八の口を封じようと、裏渡世に触れを廻したか……」

半兵衛は睨んだ。

「ええ。違いますかね……」

「よし。音次郎、明日から盗人に忍び込まれた旗本が何処の誰か調べるんだな」

半兵衛は命じた。

「はい」

音次郎は、安心したように頷いた。

「よし。当番同心に顔を見せてくる。音次郎は隙間風が家に戻っているかどうか確かめて来てくれ」

「承知。じゃあ、御免なすって……」

音次郎は、北町奉行所から威勢よく駆け出して行った。

半兵衛は見送り、同心詰所に向かった。

三味線堀に夕陽は映えた。

地廻りの三下は、親方百蔵の家から両国広小路を抜け、神田川沿いの柳原通りに進んだ。

半次は尾行た。

三下は、柳原通りを神田八ツ小路に向かって進み、新シ橋を北に渡った。

神田川に架かっている新シ橋を渡ると向柳原であり、三味線堀の大名旗本の屋敷の繋がりに続く。

三下は、向柳原の通りを三味線堀に急いだ。

此のまま行けば、三味線堀の大名旗本屋敷街か新寺町に並ぶ寺……。

半次は追った。

地廻りの三下は、三味線堀の西の堀端を進んで連なる旗本屋敷の前に佇んだ。

此の旗本屋敷か……。

三下は、閉められた表門脇の潜り戸を叩いた。

潜り戸を開けて中間が顔を見せた。

三下は、中間に何事かを告げた。

中間は三下を屋敷内に招き入れ、辺りを窺って潜り戸を閉めた。

半次は、物陰から見届けた。

地廻りの親方百蔵は、此の旗本屋敷にいるのか……。

もし、そうなら誰の屋敷なのか……。

半次は、旗本屋敷を眺めた。

地廻りが出入りしている旗本屋敷……。

そんな旗本屋敷の主となると、おそらく陸(ろく)な者じゃあない……。

半次は、旗本屋敷の主の人柄を読んで苦笑した。


「そうか。隙間風の五郎八、元鳥越の家に戻った様子はないか……」

半兵衛は、帰って来た音次郎に念を押した。

「はい。近所の人も見掛けちゃあいませんし、竈(かまど)や火鉢の灰も固まっていました」

「御苦労だったね。ま、飯の仕度をするか……」

「はい……」

半兵衛と音次郎は、晩飯の仕度を始めた。

「只今(ただいま)戻りました」

晩飯が出来た頃、半次が帰って来た。

「おう。お帰り。先ずは晩飯を済ませてからだ……」

半兵衛、半次、音次郎は晩飯を食べ始めた。

三味線堀界隈の切絵図は、行燈の傍に広げられた。

「さあて、どの旗本屋敷かな……」

半兵衛は、半次に声を掛けた。

「はい……」

半次は、行燈の明かりに照らされた切絵図を眺めた。

「此の旗本屋敷ですね……」

半次は、三味線堀の近くの旗本屋敷を指差した。

半兵衛は覗き込んだ。

「土屋主膳か……」

半兵衛は、半次の指差した旗本屋敷に書かれている姓名を読んだ。

「土屋主膳ですか……」

「ああ。地廻りの三下が入ったのは、土屋主膳って旗本の屋敷だ」

半兵衛は、厳しい面持ちで告げた。

「土屋主膳、どんな旗本なんですかね……」

半次は、厳しさを滲ませた。

「さあて。ま、いろいろありそうな旗本だね」

半兵衛は苦笑した。

「ええ。明日から屋敷に地廻りの親方の百蔵が出入りしているかどうか、探ってみます」

半次は頷いた。

「うん。そうしてくれ……」

半兵衛は頷いた。

「旦那、一人働きの盗人が忍び込んだ旗本屋敷、その土屋主膳の屋敷じゃありませんかね」

音次郎は、晩飯の後片付けをしながら首を捻った。

「うん。土屋主膳、確かに隙間風の五郎八が狙いそうな旗本かもしれないね」

半兵衛は笑った。

「はい……」

音次郎は頷いた。

「何ですか、一人働きの盗人が忍び込んだ旗本屋敷ってのは……」

半次は眉をひそめた。

「うん。音次郎が聞いて来た噂なんだがね……」

半兵衛は、湯飲茶碗の酒を啜った。

行燈の火は瞬いた。


風が吹き抜け、三味線堀に小波が走った。

二千石取りの旗本土屋主膳の屋敷は、表門を閉めて静けさに覆われていた。

半次と音次郎は、近所の旗本屋敷の奉公人などに土屋主膳の評判を訊き込み、両国広小路の地廻りの親方百蔵との拘わりを探った。

「で、土屋主膳さまってのは、どんなお方なんですかい……」

音次郎は、斜向かいの旗本屋敷の老下男に聞き込んだ。

「土屋のお殿さまですか……」

老下男は眉をひそめた。

「ええ……」

「今は大人しくなりましたが、部屋住みだった若い頃は、結構な遊び人で仲間と酷い真似をしていたって話ですよ」

老下男は、小声で告げた。

「へえ。仲間と酷い真似をねえ……」

音次郎は眉をひそめた。

「ええ。強請に集り、強盗に騙り、いろいろやっていたって噂ですよ」

老下男は告げた。

「そんな人なんですか、土屋主膳さまは……」

音次郎は呆れた。

「ええ。ま、跡取りだった兄上さまが急な病で亡くなってからは、足を洗って大人しくなり、家督を継いだそうですがね」

老下男は苦笑した。

「へえ。そうなんですか……」

音次郎は、斜向かいの土屋屋敷を眺めた。

「見掛けた事がある……」

半次は眉をひそめた。

「ああ。いつだったか、両国広小路の地廻りの親方の百蔵が土屋さまの屋敷に入って行くのを見たよ」

旗本屋敷の渡り中間は、半次に握らされた小銭を握り締めて告げた。

「そいつ、地廻りの親方の百蔵に間違いないんだな」

「ああ。俺も昔、本所(ほんじょ)の地廻りとちょいと拘わりがあってね。百蔵の面(つら)は良く知っている。間違いねえよ」

渡り中間は苦笑した。

「そうか。百蔵、土屋屋敷に出入りをしているか……」

「土屋のお殿さま、若い頃はかなりの悪だったそうでしてね。百蔵とはその頃からの付き合いなんだろうな」

渡り中間は睨んだ。

「若い頃からの悪仲間か……」

半次は、裏渡世に触れを廻した百蔵と旗本土屋主膳の拘わりを知った。

「土屋主膳、そんな奴なのか……」

半兵衛は苦笑した。

「はい。土屋主膳、地廻りの百蔵と繋がりがあるのは、間違いありませんね」

　半次は睨んだ。

「うん。隙間風の五郎八、そんな土屋の屋敷に忍び込み、土屋主膳の弱味になる物を金と一緒に盗み、粋がって千社札でも残した。で、土屋は五郎八の口を封じる為、百蔵を使って裏渡世に触れを廻したって処かな」

　半兵衛は読んだ。

「おそらく、その辺りでしょうね。ま、土屋がどう動くか、音次郎を張り付けてあります」

　半次は告げた。

「うむ。分からないのは、五郎八が土屋屋敷から何を盗んだのかと、五郎八が何処に潜んでいるかだ……」

「ええ。土屋の弱味になるものってのは、おそらく悪事の証拠になるものですかね」

「悪事の証拠か……」

「ええ。それにしても五郎八の父っつあん。裏渡世の連中が金目当てで捜し廻っているのに、何の音沙汰もないってのは、余程上手い処に隠れているんですねえ……」

半次は感心した。

「うむ。流石は名人義賊の隙間風の五郎八って処か……」

半兵衛は頷いた。

「ええ。五郎八の父っつぁん、きっと裏渡世の連中の手の届かない処で酒を飲んで昼寝でもしていますか……」

半次は読んだ。

「さあて、裏渡世の連中の手の届かない極楽のような処は、何処にあるのかな……」

半兵衛は苦笑した。

三

半次は、地廻りの親方百蔵の動きを見張りに薬研堀に向かった。

半兵衛は、北町奉行所同心詰所の大囲炉裏の傍に腰掛け、灰を均して火箸で字を書いた。

首に十両、居場所に五両……。

賞金を懸けられた老盗人隙間風の五郎八は、鳥越明神裏の家に帰る筈はない。

岡場所や寺に隠れた処で、裏渡世の連中が嗅ぎつけるのに刻は掛からない。牢屋敷の牢の囚人の中に潜んでも追手は掛かり、濡れ紙で息を止められて始末されるだけなのだ。

裏渡世の連中の手の及ばない、隙間風の五郎八にとっての極楽とは何処なのだ。

半兵衛は、想いを巡らせた。

五郎八にとっての極楽……。

半兵衛は読んだ。

まさか……。

半兵衛は、五郎八の極楽に思い当たり、思わず苦笑した。

八丁堀北島町の組屋敷街は、行き交う者も少なく物売りの声が長閑に響いていた。

半兵衛は、古い板塀に木戸門の組屋敷を眺めた。

住み慣れた我が家だ……。

半兵衛は、古い木戸門を静かに開けて屋敷に入った。

一人暮らしの半兵衛の家は、静寂に満ちていた。

半兵衛は、玄関先から庭に廻った。

座敷や寝間の雨戸は開けられ、閉められた障子は陽差しに眩しかった。

朝、出掛けた時のままだ……。

町奉行所同心の組屋敷は、忍び込む者も滅多にいなく戸締まりは緩かった。

半兵衛は、庭先から井戸端に廻り、勝手口に進んだ。

取り立てて変わった処はない……。

半兵衛は見定め、勝手口の板戸を開けて台所に入った。

台所の土間は、囲炉裏のある板の間に続き、薄暗かった。

半兵衛は、勝手口の板戸を閉めて薄暗い台所を見廻した。

流しに置かれた釜や鍋、茶碗や皿などが綺麗に洗われていた。

やはりな……。

半兵衛は苦笑した。

朝、半次や音次郎と組屋敷を出る時、釜や鍋には飯や汁が残っていた筈だ。

半兵衛は、土間から板の間に足音を立てずに上がった。

廊下は薄暗く、座敷から鼾が聞こえた。

半兵衛は苦笑し、足音を忍ばせて座敷に近付き、襖を開けた。

陽差しを浴びた障子の座敷には、小柄な老爺が猫のように丸くなって眠っていた。

一升徳利と湯飲茶碗、煙草盆と煙草入れ、緑色の羽織を傍らに置き、皺だらけの顔を緩ませ、涎を垂らして……。

老盗人の隙間風の五郎八だ。

半兵衛は見定めた。

大胆不敵な真似を……。

盗人隙間風の五郎八の此の世の極楽は、北町奉行所臨時廻り同心の白縫半兵衛の組屋敷だったのだ。

嘗められたものだ……。

半兵衛は笑みを浮かべ、座敷の縁側の障子を大きく開けた。

座敷に陽差しが溢れた。

「わあ……」

五郎八は驚き、跳ね起きた。

「おう。目が覚めたか……」

半兵衛は苦笑した。

「こりゃあ、半兵衛の旦那。お邪魔しております」

五郎八は、慌てて居住まいを正した。

「そいつは、いつからだ」

半兵衛は、五郎八に笑い掛けた。

「えっ……」

五郎八は戸惑った。

「いつから、秘かにお邪魔していたんだ」

「ああ。そいつなら一昨日からです」

「一昨日、夜は何処にいたんだ」

「盗人の分際で、同心の半兵衛の旦那と一つ屋根の下ってのも気が引けて、裏の納屋に……」

五郎八は笑った。

「そいつは大変だったな……」

半兵衛は苦笑した。

「いえ。昼間は何の心配もなく昼寝が出来るんで、どうって事はありません」

「そりゃあ何よりだが、捜したよ」

「そいつは御迷惑をお掛けして、申し訳ありませんでした。地廻りの百蔵の野郎があっしの首にたった十両の金を懸けた触れを廻した途端、襲われたり、後を尾行られたりしましてね。裏渡世の奴らは見えない処で繋がっていますんで、まったく拘わりのない処に隠れるのが一番だと思いましてね」

五郎八は、得意げに告げた。

「流石は隙間風の五郎八だ……」

半兵衛は感心してみせた。

「それ程でもありません。それにしても旦那、良く気が付かれましたね……」

五郎八は、白髪眉をひそめた。

「盗人の隙間風の五郎八が今、一番安心して身を潜める事の出来る極楽は、裏渡世の連中が滅多に近寄らない処だと思ってね」

　半兵衛は、己の読みを告げた。

「知らん顔の半兵衛旦那に抜かりはありませんか……」

　五郎八は笑った。

「さあて、五郎八。両国広小路の地廻りの百蔵は何故、お前の首に十両、居場所に五両を懸ける触れを廻したのか、教えて貰おう……」

　半兵衛は、五郎八を見据えた。

「はい。実は旦那、十日程前、三味線堀の旗本屋敷に忍び込みましてね……」

　五郎八は、事の経緯を話し始めた。

「二千石取りの土屋主膳の屋敷か……」

「流石は旦那、御存知でしたか……」

「うむ。地廻りの百蔵が出入りしているからね。して、土屋屋敷から何を盗んだのだ」

「はい。いつものように五十両の金と模様の彫られた木箱を……」

「模様の彫られた木箱……」

「ええ。おそらく南蛮渡りの……」

「中に何が入っていたのかな……」

「そいつが、お宝かと思ったら、こいつなんですよ……」

五郎八は、懐から手拭に包んだ拳銃を取り出し、半兵衛の前に置いた。

「南蛮渡りの連発銃か……」

半兵衛は眉をひそめた。

「はい。御禁制の南蛮渡りの短筒です」

五郎八は、喉を鳴らして頷いた。

半兵衛は、拳銃を手に取って見廻した。

拳銃は六連発であり、冷たく黒光りして重かった。

「成る程、此奴が五郎八の手から御公儀に渡り、出処が土屋屋敷だと知れると、御禁制の品を抜け荷したとして、主の主膳は切腹、家はお取り潰しもあり得る。その前に五郎八を消そうって魂胆か……」

半兵衛は、厳しい面持ちで読んだ。

「はい。で、土屋主膳の野郎、地廻りの百蔵に触れを廻させたって寸法ですぜ。汚ねえ真似をしやがる」

五郎八は、自分が忍び込んで盗み取ったのを忘れたかのように怒りを滲ませた。

「五郎八、お前が怒るのは分からない訳でもないが、お前が盗み、千社札を残したのが今度の騒ぎの始まりだよ」

半兵衛は苦笑した。

「そりゃあ、そうだ……」

五郎八は、悪戯っぽく笑った。

「そうか。土屋主膳が百蔵に触れを廻させたのは此の連発銃の所為か……」

半兵衛は、黒光りする連発銃を見廻した。

「で、半兵衛の旦那、此の始末、どうしますかね」

五郎八は、半兵衛の出方を窺った。

「五郎八、此奴は私じゃあなく、お前が巻き起こした一件だ」

半兵衛は苦笑した。

「は、はい……」

「お前はどうしたいんだ……」

「あっしは、短筒なんか要らねえし、何処にいるか分からねえ裏渡世の追手から逃げ隠れするのも飽き飽きですぜ」

五郎八は、疲れの滲む老いた顔を歪めた。

「そうか……」

半兵衛は頷いた。

「どうしたら良いですかね、半兵衛の旦那……」

五郎八は、半兵衛に縋る眼を向けた。

「よし、五郎八。私の云う通りにするか……」

半兵衛は、五郎八を見据えた。

「は、はい。それはもう……」

五郎八は頷いた。

「ならば、此の一件、私が預かろう」

半兵衛は告げた。

「はい。宜しくお願いします」

五郎八は、半兵衛に深々と頭を下げた。

「よし……」

半兵衛は、楽し気な笑みを浮かべた。

大川はゆったりと流れ、両国広小路の南の外れの薬研堀では繋がれた猪牙舟が揺れていた。

日に焼けた饅頭笠を被った托鉢坊主は、経を読みながら薬研堀沿いを奥に進んだ。

薬研堀を吹き抜ける川風は、托鉢坊主の衣の裾を揺らした。

托鉢坊主は、地廻りの親方百蔵の家の前に佇み、饅頭笠を上げて店を覗いた。

雲海坊だった。

雲海坊は、岡っ引の柳橋の弥平次の手先を務め、普段は両国橋の袂で托鉢をする坊主崩れの男だった。

半兵衛は、弥平次に事の次第を話し、雲海坊を始めとした手先に助っ人を頼んだ。弥平次は、快く引き受けてくれた。

百蔵の家の土間には誰もいなかった。

雲海坊は、百蔵の家の前に佇み、大きく咳払いをして姿勢を正した。そして、朗々と経を読み始めた。

百蔵の家から三下が出て来た。

「おい、坊主。煩いぞ」

三下は怒鳴り、何処かに行けと手を振った。

雲海坊は、経を読みながら頭を下げた。

「坊主、お布施を入れても所場代に貰うだけだ。手間を掛けさせるんじゃあねえ。さっさと行きな」

三下は凄み、雲海坊の肩を押した。

次の瞬間、雲海坊は錫杖で三下の足を打ち払った。

三下は、よろめいて膝を突いた。

「て、手前……」

雲海坊は、驚いた三下の顔に錫杖の石突を突き付けた。

三下は凍て付いた。

「百蔵親方の触れの事で来たんだ。さっさと親方に取り次ぎな……」

雲海坊は囁き、錫杖を引いた。

「へ、へい……」

三下は、払われた足を引き摺りながら家の奥に入って行った。

雲海坊は苦笑した。

百蔵の家の土間脇には小座敷があり、雲海坊は框に腰掛けた。

「どうぞ……」

三下は、雲海坊に茶を差し出した。

「ああ。頂きますよ」

雲海坊は、作り笑いを浮かべて茶を飲んだ。

「親方は直ぐに来ますので……」

三下は、雲海坊に不気味さを覚えていた。

「やあ。お前さんかい、触れの事で来たってのは……」

瘦せた中年男が現れた。

「こりゃあ、百蔵の親方ですかい……」

雲海坊は、框から立ち上がった。

「ああ……」

瘦せた中年男の百蔵は頷いた。

「あっしは偽坊主の雲海、盗人の隙間風の五郎八の事でお伺いしました」

雲海坊は、笑顔で挨拶をした。

「で、雲海。隙間風の五郎八、いたのかい……」

百蔵は、嘲りを浮かべた。

「はい……」

「何処に……」

「居場所は五両ですね」

雲海坊は、百蔵に笑い掛けた。

「ああ、五両。五郎八の顔を見てからだ」

百蔵は、狡猾な笑みを浮かべた。

「そうですか。場所は深川の木場、御案内致しますぜ」

雲海坊は告げた。

「深川の木場……」

「ええ……」

「間違いねえだろうな」

百蔵は、雲海坊を見据えて念を押した。

「ええ。番小屋に……」

「よし。おい、人数を集め、舟を仕度しな……」

百蔵は三下に命じた。

薬研堀に繋がれた猪牙舟には、百蔵、用心棒の浪人、三人の地廻り、雲海坊が乗り込んだ。

船頭は舫い綱を解き、猪牙舟を薬研堀から元柳橋を潜って大川に漕ぎ出した。

猪牙舟は、薬研堀を出て大川を横切り、本所竪川に進んだ。

本所竪川は、大川と下総中川を東西に結んでいる。

雲海坊と百蔵たちを乗せた猪牙舟は、本所竪川を東に下った。

一つ目之橋、二つ目之橋、三つ目之橋……。

猪牙舟は進み、新辻橋の手前で交差している横川に曲がり、深川の木場に向かった。

横川は、深川木場から小梅瓦町を南北に結んでいる。

「雲海、五郎八の野郎、木場のどの辺りに隠れているんだい」

「木場の外れ、洲崎の方ですよ」

「洲崎か。面倒を掛けやがって……」

百蔵は、嘲笑を浮かべて吐き棄てた。

「皆。五郎八の野郎を見付けたら容赦はいらねえ。さっさと息の根を止めて、石を抱かせて掘割に沈めるんだぜ」

百蔵は、用心棒の浪人と三人の地廻りに命じた。

「心得た……」

用心棒の浪人と三人の地廻りは頷いた。

「親方。隙間風の五郎八、何をしたんです」

雲海坊は尋ねた。

「雲海、そいつはお前に拘わりのねえ事だ」

百蔵は、雲海坊に冷たい眼を向けた。

「知らない方が身の為ですか……」

「ああ。下手に知ると、五郎八の次はお前になるぜ」

百蔵は、冷たい眼を向けた。

「それはそれは、見ざる、聞かざる、言わざる。桑原桑原、南無阿弥陀仏……」

雲海坊は、訳の分からない事を云って手を合わせた。

猪牙舟は、深川小名木川や仙台堀を過ぎて木場に進んだ。

四

深川の木置場の堀には脂が七色に輝き、積み上げられた丸太の匂いが漂っていた。

百蔵、用心棒の浪人、三人の地廻り、雲海坊の乗った猪牙舟は、横川から木置場の掘割に進んだ。

「雲海……」

百蔵は、雲海坊を一瞥した。

「此のまま真っ直ぐです」

雲海坊は、木置場の奥を示した。

猪牙舟は、掘割の奥に静かに進んだ。

掘割の先の土手に番小屋が見えた。

番小屋は、人足の休息所と道具置き場でもあった。

「あそこですぜ……」

雲海坊は、掘割の先の番小屋を指差した。

「よし。猪牙を止めろ……」

百蔵は、船頭に命じた。

船頭は、積み上げられた丸太の陰に猪牙舟を止めた。

「利助、梅吉、小屋を見て来な……」

百蔵は、地廻りに命じた。

利助、梅吉と呼ばれた二人の地廻りは、猪牙舟から堀端に下り、番小屋に忍び寄って行った。

百蔵、用心棒の浪人、地廻り、雲海坊は見送った。

番小屋の戸が開いた。

利助と梅吉は、丸太の陰に隠れた。

番小屋から隙間風の五郎八が現れ、手桶の水を掘割に棄てて戻って行った。

「隙間風の五郎八だ……」

百蔵は、喉を鳴らして見定めた。

「ええ……」

雲海坊は笑った。

利助と梅吉は、百蔵を窺った。

百蔵は、行けと促した。

利助と梅吉は頷き、番小屋に忍び寄った。

百蔵、用心棒の浪人、地廻り、雲海坊は見守った。

利助と梅吉は、番小屋の戸を開けて中に飛び込んだ。

隙間風の五郎八の悲鳴が上がった。

百蔵は、嘲りを浮かべた。


五郎八は、番小屋の奥に後退りした。

「五郎八……」

利助と梅吉は嘲笑を浮かべ、匕首を抜いて五郎八に襲い掛かった。

刹那、戸口の両脇にいた半次と音次郎が利助と梅吉に背後から殴り掛かった。

利助と梅吉は、十手で頭を殴られて蹲った。

半次と音次郎は、蹲った利助と梅吉を殴り蹴り飛ばした。

利助と梅吉は、頭を抱えて転げ廻った。

半次と音次郎は、捕り縄を素早く打った。

「騒ぐと息の根を止めるぜ」

半次は脅した。

「へ、へい……」

利助と梅吉は、恐怖に声を震わせた。

「百蔵も来ているのか……」

半次は尋ねた。

「はい」

「何人だ」

「親方と用心棒の片岡さんに虎市……」

「後三人か……」

「他に船頭と偽坊主の雲海……」

「五人のようだが三人ですね」

音次郎は苦笑した。

「ああ。よし、大人しくしていな」

半次は、利助と梅吉に猿轡を噛ませた。

番小屋は静まり返った。

「親方、利助と梅吉、どうした……」

用心棒の浪人の片岡は、五郎八を捕まえて出て来ない利助と梅吉に困惑した。

「ああ。虎市、見てきな……」

百蔵は、残る地廻りの虎市に命じた。

「はい……」

虎市は、身軽に堀端に跳んで番小屋に向かった。

百蔵と用心棒の片岡は、猪牙舟から緊張した面持ちで見守った。

雲海坊は苦笑した。


虎市は、番小屋の戸口の傍に潜んで隙間から中を覗いた。

次の瞬間、戸が開き、虎市が番小屋に引き摺り込まれた。


半次は、虎市の肩を鷲摑(わしづか)みにして小屋の中に引き摺り込んだ。

虎市は、床に倒れ込んだ。

音次郎が、倒れ込んだ虎市を蹴り飛ばした。

虎市は、頭を抱えて身を縮(ちぢ)めた。

音次郎は、虎市に馬乗りになって殴り飛ばし、捕り縄を打った。

「妙だぞ、親方……」

用心棒の片岡は、番小屋に入ったまま出て来ない地廻りたちに焦りを浮かべた。

「ああ。おい、猪牙を戻せ……」

百蔵は、危険を察知したのか、船頭に喉を鳴らして命じた。

船頭は返事をし、慌てて猪牙舟の舳先を廻そうとした。

背後に櫓の軋みが響き、猪牙舟が現れて堀を塞いだ。

猪牙舟の舳先には半兵衛が乗っており、岡っ引の柳橋の弥平次の手先で船頭の勇次が櫓を握っていた。

「やあ。盗賊隙間風の五郎八の触れを廻した地廻りの百蔵だね」

半兵衛は笑い掛けた。

百蔵は、緊張に頬を引き攣らせた。

番小屋から半次と音次郎が縛り上げた利助、梅吉、虎市を引き立てて出て来た。

「旦那、地廻り三人、五郎八を殺そうとしたんで、お縄にしましたぜ」

半次は、半兵衛に報せた。

「御苦労。さあて、百蔵。何処の誰に頼まれて裏渡世に隙間風の五郎八の首に十両の触れを廻したか、教えて貰おうか……」

半兵衛は、百蔵に笑い掛けた。

「そ、それは……」

百蔵は、嗄(しゃが)れ声を震わせた。

「お、おのれ……」

用心棒の片岡が、船縁に片足を掛けて刀を抜こうとした。

刹那、雲海坊が錫杖で用心棒の片岡の尻を突いた。

「わ、わあ……」

片岡は、無防備の尻を突かれて身体の均衡(きんこう)を崩し、驚きの声をあげて堀に落ちた。

水飛沫が虹色(にじいろ)に煌めいた。

「て、手前……」

百蔵は驚いた。

雲海坊は笑った。

「助けて、助けてくれ……」

片岡は、泳げないのか堀の中で手足を闇雲に動かし、必死に堀端に上がろうした。

「百蔵、猪牙から降りな」

半兵衛は命じた。

雲海坊は、百蔵に錫杖を突き付けた。

百蔵は、後退りをして猪牙舟から堀端に下りた。

半次と勇次は、用心棒の片岡を堀端に引き摺り上げた。

用心棒の片岡は溺れ、水を飲んでぐったりとしていた。

半兵衛は、百蔵に近寄った。

雲海坊は、錫杖で百蔵の肩を押さえ付けた。

百蔵は、錫杖に押さえ込まれたように跪いた。

「百蔵、もう一度訊く、お前は誰に命じられて裏渡世の者共に盗人隙間風の五郎八の首に十両、居場所に五両の触れを廻したのだ」

半兵衛は、百蔵を厳しく見据えた。

「そ、それは……」

百蔵は躊躇った。

「そいつは、五郎八に屋敷に忍び込まれ、五十両の金と御禁制の抜け荷の品、南蛮渡りの連発銃を盗まれ、それが公儀に知れるのを恐れ、お前に裏渡世の者共に触れを廻すように命じたのだな」

半兵衛は読んだ。

何もかも知られている……。

百蔵は項垂れた。

「そして、百蔵、お前は隙間風の五郎八の首に十両の金を懸けた。そいつは、十両で五郎八を殺せと命じた事であり、手下の地廻りに殺させようとした。そいつは立派な罪科だ。ま、覚悟するんだな」

半兵衛は断じた。

百蔵は、項垂れたまま激しく震えた。

「よし。詳しい事は大番屋で聞かせて貰おう。半次、音次郎、雲海坊、勇次。百蔵たちを大番屋に引き立てな」

半兵衛は命じた。

「承知……」

半次、音次郎、雲海坊、勇次は頷き、百蔵、用心棒の片岡、地廻りの利助、梅吉、虎市を引き立てた。

隙間風の五郎八が、番小屋から出て来た。

「じゃあ、半兵衛の旦那。いろいろお世話になりました。あっしは此で……」

五郎八は、半兵衛に笑顔で挨拶をした。

「五郎八、そうはいかないよ」

半兵衛は苦笑した。

「えっ……」

「隙間風の五郎八。お前が旗本土屋屋敷に忍び込んだ始末はこれからだよ……」

「旦那……」

五郎八は、哀れな声で落胆して肩を落とした。

半兵衛は笑った。

微風が吹き抜け、木置場に丸太の香りが漂った。

「さあて、五郎八。如何に旗本屋敷が町奉行所の支配違いでも、忍び込んで五十両もの金を盗んだ罪を知らん顔は出来ない……」

半兵衛は、五郎八に笑い掛けた。

「旦那、そこを何とか……」

五郎八は、半兵衛に縋る眼差しを向けて手を合わせた。

「五郎八、そこを何とかして欲しいなら、土屋屋敷から盗み取った五十両と連発銃を秘かに戻すんだな……」

半兵衛は告げた。

「戻す……」

五郎八は、戸惑いを浮かべた。

「如何にも。せめてそれぐらいしなければ、流石の私も知らん顔は出来ぬ……」

半兵衛は苦笑した。

「旦那……」

「五郎八、今夜中に盗んだ五十両と御禁制の連発銃を土屋屋敷に戻しておくのだ」

半兵衛は囁いた。

「五十両と南蛮渡りの短筒を戻す……」

五郎八は、驚いて眼を剝いた。

「ああ。仏間の仏壇の陰にな。そいつをお目付に見付けさせる」

　半兵衛は笑った。

「旦那、そいつは面白い……」

　五郎八は、思わず笑みを浮かべた。

「五郎八、お前の首を獲ろうとした罪科、地廻りの百蔵たちだけに取らせる訳にはいかぬ。元凶の土屋主膳にも責を負って貰う」

　半兵衛は、不敵に云い放った。

　半兵衛は、御禁制の抜け荷の連発銃の弾丸(たま)を一発抜き取り、北町奉行所吟味方与力の大久保忠左衛門の許(もと)に持ち込んだ。

「御禁制の南蛮渡りの連発銃の弾丸か……」

　忠左衛門は、細い首の筋を引き攣らせた。

「はい。私のちょいとした知り合いが、三味線堀の土屋主膳さまのお屋敷から手に入れたものにございます」

　半兵衛は告げた。

「旗本の土屋主膳さまのお屋敷から……」

忠左衛門は、白髪眉をひそめた。

「はい……」

「おのれ。直参(じきさん)旗本でありながら御禁制の南蛮渡りの連発銃を隠し持つとは……」

忠左衛門は、筋張(すじば)った細い首を伸ばし、嗄れ声を震わせた。

「はい。その挙句(あげく)、事実を知った私の知り合いの口を封じようと、薬研堀の百蔵と申す地廻りに殺せと命じました」

「半兵衛、それは真(まこと)か……」

「はい。地廻りの百蔵は既にお縄にし、土屋主膳さまの命で殺そうとしたと、白状しております」

半兵衛は告げた。

「半兵衛、御禁制の連発銃の一件、間違いないのであろうな」

忠左衛門は、嗄れ声で念を押した。

「はい。此なる連発銃の弾丸が何よりの証拠にございます」

半兵衛は、連発銃の弾丸を示した。

「よし。半兵衛、此の一件、お目付の榊原兵部(さかきばらひょうぶ)さまに御報せし、評定所に訴え出るとする。うむ……」

忠左衛門は、筋張った細い首を伸ばして自分の言葉に頷いた。

その夜、盗人の隙間風の五郎八は、三味線堀傍の土屋主膳の屋敷に忍び込み、盗んだ五十両と御禁制の南蛮渡りの連発銃を仏間の仏壇の陰に隠した。

土屋屋敷は、盗賊の隙間風の五郎八の忍び込みにも気が付かず、二度目の侵入を許した。

好い気なものだ……。

半兵衛は、旗本土屋主膳の傲慢さを知った。

翌日、お目付の榊原兵部と配下の者たちは、土屋屋敷に踏み込んだ。そして、仏間の仏壇の陰から御禁制の南蛮渡りの連発銃を見付け、土屋主膳を拘束した。

狙い通りだ……。

半兵衛は苦笑した。

評定所が土屋主膳をどのように裁くかは分からない。だが、主膳の切腹と家禄の減知は免れない筈だ。

大久保忠左衛門は、地廻り百蔵と用心棒の片岡、配下の地廻りたちを遠島の刑に処した。

半兵衛は、事件の発端になった盗人隙間風の五郎八は行方知れず、姿を晦ましたままだとした。

「隙間風の五郎八の父っつあんは、知らん顔をしますか……」

半次は苦笑した。

「うむ。盗んだ五十両と連発銃は返した。返せば良いと云うもんじゃあないが、武家や金持ちの懐を狙うこそ泥より、旗本や地廻りの悪事を仕置する方が世の中の為だ……」

半兵衛は苦笑した。

「世の中には知らん顔をした方が良い事もありますか……」

半次は、半兵衛の腹の内を読んだ。

「うん。権力や金を持つ者の酷い悪事を叩き潰す為には、手立てを選ばず。小さな悪事を利用する時もあるさ……」

半兵衛は不敵に笑った。

この作品は双葉文庫のために書き下ろされました。

双葉文庫

ふ-16-63

新・知らぬが半兵衛手控帖

守り神

2023年11月18日　第1刷発行

【著者】
藤井邦夫

【発行者】
箕浦克史

【発行所】
株式会社双葉社
〒162-8540 東京都新宿区東五軒町3番28号
［電話］03-5261-4818（営業部）　03-5261-4868（編集部）
www.futabasha.co.jp（双葉社の書籍・コミックが買えます）

【印刷所】
中央精版印刷株式会社

【製本所】
中央精版印刷株式会社

【フォーマット・デザイン】
日下潤一

ISBN978-4-575-67182-7 C0193
Printed in Japan